红狮军

秦天

来自中国，退役于雪豹突击队，后加入红狮军团。由于个人成长经历的原因，他性格孤僻、沉稳，看重朋友之间的友情。

亨特

来自美国，退役于绿色贝雷帽特种部队。他玩世不恭，喜欢开一些无聊的玩笑，个人英雄主义色彩鲜明。

亚历山大

来自俄罗斯，退役于阿尔法特种部队。他身材魁梧，脾气火暴，眼里揉不得沙子，因此常和队友发生冲突。

红狮军团

朱莉

来自法国的女生，曾服役于法国宪兵队。她高傲强势，令众多男性望而生畏。

劳拉

来自德国的女生，出身贵族，为了理想从小进行各种艰苦的训练。她善解人意，散发着人性的光芒。

詹姆斯

曾服役于海豹突击队，后加入红狮军团。他是一位冒险主义者，崇尚个人英雄主义。

蓝狼军团

泰勒

来自英国，退役于特别空勤团。他冷酷、凶狠，具备超凡的作战能力，为了金钱加入蓝狼军团。

布鲁克

来自英国，退役于红魔鬼伞兵团。他相貌俊朗，行动敏捷，枪法过人，但生性狂妄，目中无人。

雷特

曾服役于一支邪恶的雇佣兵部队，擅长陆战。他狂妄、傲慢，是一个略显莽撞的家伙。

蓝狼军团

艾丽丝

来自美国，因一次意外被迫从海军陆战队退役，后来加入蓝狼军团。她为金钱而战。

美佳

一个有着许多秘密的人，曾服役于哪支部队无人知晓。她曾经接受过严格的训练，战斗技能出众，尤其擅长忍术。

凯瑟琳

一名优雅的冷血杀手，曾是神秘女子部队的一员。被她锁定的目标，就像接受了死亡女神的审判，几乎无人能生还。

决战奔牛节

八路 著

化学工业出版社

·北京·

图书在版编目（CIP）数据

战狼少年.5，决战奔牛节/八路著.—北京：化学工业出版社，2020.8（2024.11重印）
ISBN 978-7-122-36926-0

Ⅰ.①战… Ⅱ.①八… Ⅲ.①儿童小说-长篇小说-中国-当代 Ⅳ.①I287.45

中国版本图书馆CIP数据核字（2020）第081557号

ZHANLANG SHAONIAN 5 JUEZHAN BENNIUJIE
战狼少年5 决战奔牛节

责任编辑：隋权玲　　　　　　　　装帧设计：尹琳琳
责任校对：杜杏然

出版发行：化学工业出版社（北京市东城区青年湖南街13号　邮政编码100011）
印　　装：大厂回族自治县聚鑫印刷有限责任公司
880mm×1230mm　1/32　印张7　彩插2
2024年11月北京第1版第4次印刷

购书咨询：010-64518888　　　售后服务：010-64518899
网　　址：http://www.cip.com.cn
凡购买本书，如有缺损质量问题，本社销售中心负责调换。

定　　价：25.00元　　　　　　　　　　　　版权所有　违者必究

目录

第一章 机场偶遇 1

第二章 消失的背影 7

第三章 秦天去哪儿了 14

第四章 发疯的公牛 20

第五章 勇斗疯牛 27

第六章 老街之战 36

第十四章 深夜探秘 99

第十五章 暗枪响起 105

第十六章 袭击政要 113

第十七章 智者的较量 119

第十八章 被胁迫的局长 126

第十九章 逃出特警队 134

第二十章 红狮出笼 141

第二十九章 蓝狼逃脱 213

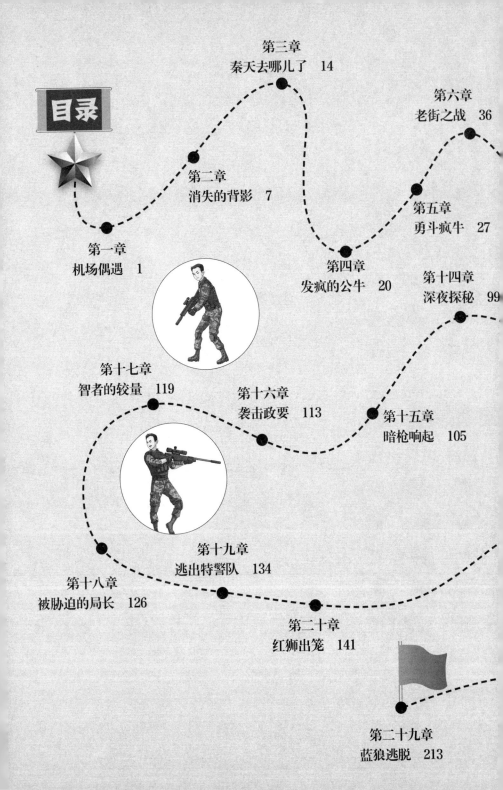

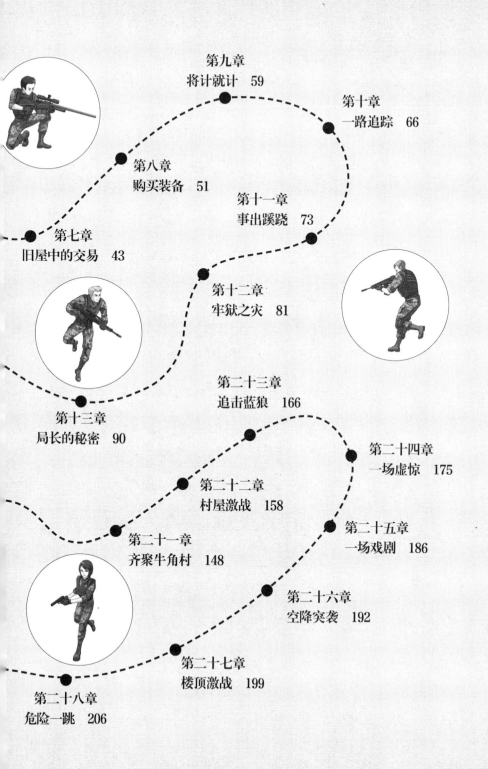

第一章

机场偶遇

最近一段时间,奔牛节的广告宣传铺天盖地。

这天早上,夏雪打开电脑,奔牛节的广告自动跳了出来。

"烦死了!烦死了!"夏雪不耐烦地自言自语,同时不自觉地把这几个字打了出来。

"嘀嘀嘀!"手机闪烁,秦天点开一看,原来是夏雪。

"你又怎么了?"秦天立刻回复。

夏雪继续敲字:还不是那些无处不在的、讨厌的奔牛节广告。

秦天回复:唉!真受不了你,要学会自己调节嘛!

"嘿嘿!这不是来找你帮我调节了吗?"夏雪发送了一个顽皮的鬼脸。

秦天无奈地摇摇头,继续敲字:我不能帮你调节

了,因为我们这几天就出发,准备去参加你讨厌的那个奔牛节。

"我也跟你们去!"

秦天简直不敢相信这几个字是夏雪发送过来的。他敲字问道:你不是讨厌奔牛节吗?为什么还要跟我们去?

夏雪回复:因为你要去,所以我也想去。

秦天本不想带着夏雪,但瞬间又心软了。夏雪好不容易盼来了暑假,而她的父亲夏教授又忙得不可开交,根本没有时间带女儿出去玩。想到这里,秦天不自觉地敲出了几个字:好吧,后天早上八点整出发。

耶!夏雪回复了一个胜利的手势。她也没想到秦天会这么爽快地答应,因为她知道秦天总嫌她碍手碍脚的。

第三天的早上,红狮军团的人准时出现在夏雪家的门前。

站在窗前等待的夏雪看到秦天,便连背带拉地拖着一大堆行李蠕动了出来。

秦天赶快跑上去帮忙,并无奈地说:"只出去玩几天

决战奔牛节

而已,你怎么弄得跟搬家似的。"

"你是男生,你不懂!"夏雪振振有词,并朝向劳拉说:"劳拉姐是女生,她懂我!"

秦天看了劳拉一眼:"你懂吗?"

劳拉无奈地摇摇头:"其实,我也不懂。"

秦天将夏雪的行李搬上车后,亨特一脚油门驾驶越野车冲了出去。

国际机场候机厅里,红狮军团和夏雪正在等待飞往斗牛镇的航班。夏雪是个坐不住的人,她在机场的便利店里闲逛,以此消磨时间。

一本名为《特种兵学校》的书吸引了夏雪。她伸手去拿,却没想到另一只手也正在伸向这本书。两只手几乎同时碰到了这本书,一个抓在书的左侧,一个抓在书的右侧,谁也不肯谦让,就这样分别向自己的一侧拉扯。

"小姑娘,你别跟我争了,是我先看到的。"这是一位男生,很凶的样子。

夏雪才不怕呢,她不服地说:"谁先看到不是关键,

关键是谁先拿到。"

"既然你这样说,那谁先拿到也不是关键,关键是谁能抢到。"男生丝毫没有绅士风度。

"雷特,你少添乱子。"

两个人正在争抢不休,突然一个人出现在那个男生的身后,一把将他拉走了。

书落在了夏雪的手里,她像一位角斗场上的胜利者,朝离开的男生挥了挥拳头。突然,她觉得那个正拉着雷特离开的人似曾相识。

"布鲁克!"夏雪突然想起了这个人,不由得喊出了他的名字。没错,那个人就是蓝狼军团中的布鲁克。

不知道布鲁克有没有听到夏雪喊他的名字。他拉着雷特快速地离开便利店,消失在夏雪的视线中。

过了好一会儿,夏雪才回过神来,手中的书掉落在地上也顾不得了,她转身朝红狮军团候机的地方跑去。

"秦天,我看到蓝狼军团的人了。"夏雪一脸惊慌地说。

"在哪儿?"秦天紧张地站了起来,根据以往的经

验，有蓝狼军团的地方就会有危险。

"就在那个便利店。"夏雪拉着秦天的手就跑。红狮军团的其他人也跟在后面。

蓝狼军团的雇佣兵自然不会在便利店里，所以秦天他们在候机厅里寻找起来。结果令人失望，蓝狼军团的雇佣兵踪迹全无。

"你会不会看错了？"秦天有些怀疑地问。

夏雪坚定地说："绝对不会错，他们肯定是躲起来了。"

亚历山大一屁股坐在椅子上，劝说道："也许蓝狼军团和咱们一样，无非是想出去度假，散散心，何必弄得紧张兮兮的。"

"就是，就是！"亨特嚼着口香糖说道，"咱们这次是出来度假的，不是去执行任务的。兄弟们，好好享受咱们的假期吧！"

劳拉朝秦天和夏雪耸耸肩："他们说得对，别忘了咱们是要去度假的。"

就这样，大家重新坐下来，看书的看书，听音乐的

听音乐，唯独秦天一直忐忑不安。他知道蓝狼军团就像这个世界上永远杀不死的病毒，时刻都有发作的危险。

登机前，秦天和夏雪一直心不在焉地左右环顾，希望能再次看到蓝狼军团的身影，可是一直到走进飞机，他们都一无所获。

飞机中坐满了乘客，秦天从机头走到机尾，看似若无其事，其实是在暗中观察每一个人。结果还是令人失望，蓝狼军团的雇佣兵并不在其中。

飞机起飞，夏雪的座位紧挨着秦天。此时，她似乎已经忘记了蓝狼军团，全然进入了一种享受美好假期的状态。

六个小时后，斗牛镇将出现他们的身影，这会是一个完美的假期吗？

第二章

消失的背影

　　一路上飞机飞行平稳，在斗牛镇郊外的机场安全着陆。

　　斗牛镇是一个只有十几万人口的小城。因为每年定期举办奔牛节，小镇的旅游业渐渐发展起来，特别是举行斗牛比赛的那几天，外来的旅游人口甚至超过了小镇的常住人口。因此住宿必须提前预订，否则来看斗牛比赛很有可能睡马路。

　　斗牛镇四季如春，奔牛节期间这里是个不夜城，看完比赛的游客流连于各类店铺之间，人流如潮；也有不少游客会在路边支起帐篷过夜。

　　出租车停在了一家名为"维多利亚"的旅店旁，虽然这家旅店的名字听起来很有国际范儿，但实际上只是一家普通的小旅店。秦天帮夏雪把她的大包小包搬进客

房,叮嘱道:"你一个人不要到处乱跑,我总觉得今年的奔牛节会有什么事情发生。"

夏雪把自己往软床上一摔,摆出了一个很舒服的姿势,朝秦天摆了摆手说:"你快别唠叨了,简直比我爸还烦人。"

"那你先休息一会儿,晚上我来喊你一起去看斗牛镇的夜景。"秦天说着关上了房门。

秦天和亚历山大住在一间客房里。门没有锁,秦天推门走进屋内,并没有看见亚历山大。卫生间里传来了哗哗的流水声和亚历山大鬼哭狼嚎般的歌声。

秦天走到卫生间的门前,猛地推开门,想故意吓唬一下亚历山大。

"喂!你有窥视癖吗?兄弟!"亚历山大正在冲凉,赤身裸体地面对着秦天。

"别说我没有窥视癖,就是有,也不会窥视你呀!"秦天开玩笑地说,"快点儿冲,你看我这身汗。"

亚历山大嘿嘿一笑:"我也想快呀,可是你看这水流

比小孩子撒的尿还细。"

秦天一看,可不是吗,花洒中流出的水淅淅沥沥,真是急死人。他只好关上卫生间的门,去享受嗖嗖的冷气了。

十分钟以后,亚历山大才拖拖拉拉地走出来。秦天迫不及待地冲进卫生间,迅速地将自己扒光,站在了花洒下。咦!怎么没有水流下来?秦天将阀门旋转到了最大,花洒上也只不过滴下了几滴水而已。

"亚历山大!"秦天隔着浴室的门大喊,"你快去帮我问问旅馆的服务员,为什么没有水了。"

亚历山大答应了一声,拨通服务台的电话。片刻,亚历山大朝秦天喊:"兄弟,你快穿上衣服吧,今天下午都不会有洗澡水了。"

"为什么?"秦天疑惑地问,"是不是你的块头太大,把斗牛镇水厂的水都用完了。"

"我可没那么大的本事。"亚历山大说,"服务员说斗牛镇是一座非常缺水的城市,所以这里实行按时间段供

水的制度。"

秦天埋怨地说:"都怪你太磨蹭,要不然我也能冲上凉。"

"非也,你应该感谢我。"亚历山大狡辩道,"要不是我拖延了时间,你会更惨的。你想想,要是你把身体冲湿并打了肥皂,而水却停了,那将是一件多么倒霉的事情。"

秦天不知道亚历山大什么时候也变得能言善辩了。

秦天无奈地走出卫生间,见饮水机中还存有小半桶水,便接了一杯直接灌进肚子里。秦天从来没喝过这么难喝的水,感觉就像从臭水沟里舀起来直接喝的。

"服务员说全镇只有一个净水厂,而且水净化得并不彻底,所以你要做好心理准备。"亚历山大目不转睛地盯着电视屏幕。

此时,电视中正播放奔牛节的预告片。秦天这才知道原来奔牛节总共持续一周,而今天晚上就已经进入奔牛节的预热阶段。

秦天本人对奔牛节并没多大兴趣,他认为真正的勇士是深藏不露的,绝不会去跟牛耀武扬威。

有着一把神力的亚历山大却不同,他总想去跟牛较劲。所以,天还没黑他就把大家喊出来了。

"今晚在斗牛镇的中心体育场有一场斗牛大赛,咱们去看一看。"亚历山大兴奋地建议道。

亨特知道亚历山大的性子,警告道:"只是去看一看而已,你千万不要跑到赛场上去参与。"

"不会,不会的。"亚历山大嘴上这样说,心里却在想:不去才怪呢!

在旅店的餐厅里草草地吃过晚饭,他们便直奔斗牛镇的中心体育场了。夏雪紧紧地跟在秦天的后面,生怕跟大家走散了。说心里话,她并不想去体育场看无聊的斗牛比赛,可是她更不想一个人待在旅店,所以只好跟来了。

中心体育场外的小广场上已经是人声鼎沸,一个边陲小镇竟有如此热闹、奔放的场景,简直令人震惊。亚

历山大的块头大,所以担当了买票的任务。

虽然夜幕已经降临,但气温仍然很高,热血沸腾的人们简直比发狂的公牛还要狂躁。在拥挤的人群中,一个身影从夏雪的面前闪过,虽然只是背影,但她却感觉似曾相识。女生的直觉是最准的,夏雪的脑海中出现了一个画面:在机场,一双和她抢书的手,一个在便利店和她抢书的人……

"我又看到蓝狼军团的人了。"夏雪紧张地拉了拉秦天的胳膊。

"在哪儿?"秦天瞬间警觉起来,敏锐的目光立刻在人群中搜索起来。

转眼间,夏雪已经看不到那个人了。人头攒动的广场上,要想分辨出一个人实在是太难了。

秦天拉紧夏雪的手:"跟紧我,千万不要擅自走动。"冥冥之中,他感觉到今晚的体育场会有事情发生。

亚历山大兴奋地举着一沓门票从人群中挤出来。拿到票的人已经开始从狭窄的检票通道向体育场里涌动。

红狮军团的特种兵和夏雪随着人流向前移动着。周围的人就像一个个小火炉烘烤着夏雪,紧张的气氛让她觉得自己这次斗牛镇之行是一个错误。不过,她看了看秦天的背影,又感觉不虚此行。

在检票口,检票员几乎是把夏雪手中的票抢过去的,可见他已经手忙脚乱了。夏雪接回被撕掉一条的门票,赶紧伸手去拉秦天,生怕自己被挤丢了。

"小姑娘,你拉错人了。"前面的男生回过头说。

夏雪这才发现前面的人并不是秦天,而是一个与秦天身高差不多的男生。她开始着急了,甚至有些害怕起来。夏雪的个子比周围的人矮半头,所以只能看到前面人的后脑勺。

"秦天!秦天!"

夏雪大声地喊起来,同时暗暗责怪秦天怎么这么一会儿就把自己给弄丢了。

第三章

秦天去哪儿了

在汹涌的人流中,夏雪茫然不知所措。

突然,一个人从身后拉住了夏雪的手,对她说:"不要怕,有姐姐在这儿呢!"

夏雪回头一看,原来是劳拉。

"秦天呢,他怎么一转眼就不见了?"夏雪问道。

劳拉摇摇头:"谁知道呢?这些男生一看到这种比赛就跟疯牛一样不要命地往前挤,说不定秦天已经挤到前面去了。"

夏雪觉得秦天不会这样,即使是如此,他也不会把自己给弄丢。她对劳拉说:"你给秦天打个电话。"

劳拉拉起夏雪的手说:"咱们的座位号都是挨着的,到看台上就能遇到了。"

劳拉和夏雪来到看台上。亚历山大、亨特和詹姆斯

都已经坐到了自己的座位上。随后,朱莉也拎着一大袋冰镇饮料赶来了。朱莉把饮料分发给大家,发现还有一罐剩余的,这才发现秦天还没有到。

看台上陆续坐满了人,斗牛比赛的倒计时已经开始。但是,秦天还没有来。夏雪根本没有心思往赛场上看,掏出手机开始拨打秦天的电话。

"嘟——嘟——嘟——"电话拨通了,但是却没有人接。

正在夏雪焦虑之际,体育场上突然喊声震天,亚历山大兴奋地站起来,挥舞着双臂高喊:"来了!来了!"

夏雪往体育场上一看,才知道原来是一头公牛,正从一条打开的通道中冲出来。

这里的斗牛比赛和夏雪以前在电视上看到的斗牛有些不同。她看到的斗牛,都是一个人拿着红布去和牛单打独斗,而现在这里的斗牛比赛则是有很多人同时在赛场上。

詹姆斯和亨特也变得疯狂起来,他们站起来高喊:

"冲,快往前冲!"

夏雪听不出来他们到底是在为牛加油,还是在为人加油。她看到那头长着一对锋利犄角的公牛鼻孔中冒着愤怒的气体,蹄子不停地刨着地,正准备发起进攻。

在牛的前方有一条十几米宽的赛道,赛道上有几十个严阵以待的斗牛士。他们手无寸铁,要凭借双手将牛制服。这头公牛迟迟不肯出击,有几个斗牛士已经按捺不住,主动靠了上去。其中一个试探性地走到了牛头前,慢慢地伸出手去抓牛角。就在他的手就要摸到牛角的时候,公牛突然向前冲去。公牛一头撞到这个人的身上,然后用力一甩,直接将此人抛起,狠狠地摔到了十几米远的地上。

公牛低着头向前冲撞,见人就顶。刚才还信心十足的斗牛士们纷纷向两侧避逃,跑得慢的人则被牛角顶翻在地,然后被牛蹄踩踏,真是看得人惊心动魄。几个斗牛士从公牛的身后包抄过去,其中一个拽住了牛尾巴。可是,他高估了自己,他根本不是公牛的对手,被牛拖

着在体育场中滑了几十米,终究败下阵来。

突然,一位壮汉朝公牛冲去,他没有去抓牛角,也没有去拉牛尾巴,而是像一枚炸弹似的横撞到了牛的侧面。公牛正全力向前奔跑,整个身体的力量都在前后这一条线上,所以左右的平衡并没有掌握好,结果竟然被这位壮汉拦腰撞倒了。

看台上顿时响起了欢呼声,观众席上一片沸腾,观众像被打了鸡血一样兴奋。公牛倒在地上,刚要挣扎着站起来,结果被呼啦一下子围上来的斗牛士们七手八脚地按住了。就这样,这头经验不足的公牛被一群看似很勇猛的斗牛士制服了。

"这算什么本事,简直就是无赖战术。"朱莉对这些人嗤之以鼻。

"别着急,这只是奔牛节的开胃菜,真正的比赛在后头呢!"亨特对奔牛节的赛事安排了如指掌。

这种挑战性不大的比赛,只是奔牛节正式开始之前的预热,后面的比赛中将会出现更强壮的公牛和斗牛士

的单独对决。

被制服的公牛成为了战利品,但它的商业价值还未被榨干。用不了多久,它就会成为餐桌上的一盘盘的牛肉。当然,出售牛肉的商家不会忘记最后再炒一把,大肆宣传这是一头征战沙场的斗牛,从而抬高售价。

夏雪简直看不下去了,她觉得这些人好坏,好残忍。"劳拉姐,我不想看了,我想去找秦天。"

"秦天到底跑到哪儿去了,怎么到现在还没来?"劳拉也开始嘀咕起来。

劳拉也开始拨打秦天的电话,结果令她更加不安起来,因为秦天的电话已经无法拨通了。

"走!咱们去找秦天。"劳拉站起来。

另外几个人正热血沸腾,根本没有注意到劳拉和夏雪离开了。亚历山大还对亨特说:"我想和下一头公牛较量一下,不知道怎样才能参加?"

"今天你是没机会参加了,要提前报名,进行身体检查后才有资格参加。"亨特说。

看台上的观众正期待着第二头公牛出场,因为他们知道后面出场的牛都比前一头更强壮。此时,劳拉已经拉着夏雪从看台上走下来,悄悄地溜到了体育场的后面。

体育场的后面关着许多公牛,赛场上的牛被放出去前都被关在这里。

夏雪偷偷地看着这些凶猛的公牛,不由得躲到了劳拉的身后。

劳拉小声地说:"以我对秦天的了解,他肯定是担心蓝狼军团会搞破坏,所以很可能来到这里。"

然而,夏雪向里面望去,里面是一头头的牛,除了几个工作人员,根本看不到秦天的影子。如果秦天不在这里,他又能去哪儿呢?

第四章

发疯的公牛

秦天到底去哪里了呢?

原来,在经过检票口的时候秦天看到了一个熟悉的背影,正是夏雪曾经两次见到的那个人——雷特。从雷特行走的方向看,他并不是去体育场的看台,而是去体育场的后面。秦天感觉不妙,钻进人群朝雷特追去。

体育场的后面,工作人员已经把公牛的出场顺序排好了。秦天追到后面的时候,发现雷特跳入了围住公牛的护栏中。

"你想干什么?"秦天大喊一声。

雷特抬头朝秦天冷笑了一声:"什么地方都有你,真是扫兴!"说着,雷特双手抓住护栏,纵身跳了出来,朝体育场的一侧跑去。

秦天紧追不舍,想弄清楚雷特到底是来干什么的。

可是,他没有想到雷特的速度会那样快,竟然在几个连续的翻越之后,翻过了体育场的围墙,从秦天的眼皮底下消失了。

秦天追到围墙下,试着弹跳了好几次,竟然都没有攀上去。为了防止有人逃票,体育场的围墙垒得至少有五米高,如果不借助工具,即使是秦天这样的特种兵也很难爬上去。

秦天向周围看去,想寻找一个可以借助的工具,最后终于在右面的墙脚下发现了一堆碎砖块。秦天将这些砖块垒在一起,在加速助跑之后,双脚踩到了砖块上,用力向上跃起。当秦天的身体跃起之后,他的双脚交替蹬在墙上,紧接着双手扒住了墙沿。身体轻盈的秦天用力扒住墙沿,腰部猛地一用力,一条腿搭在了墙头上。

劳拉和夏雪找到体育场后面的时候,秦天已经跳到墙外了,所以她们并没有看到秦天。寻找无果的两个人,只好返回到看台上,本想发动大家一起去寻找,可是没有想到体育场上已经发生了一件大事。

此时，第二头公牛已经被放出来，斗牛士们做好了与之搏斗的准备。从这头牛一出场，朱莉就觉得这头牛有些不对劲。这头牛比第一头牛要大一号，牛角根部粗壮，角尖如刀尖，两眼放出蔑视一切的光。它的牛蹄子在地上用力地刨了几下，便凶猛地朝斗牛士们冲去。

"啊——"

一声惨叫传来，最前面的斗牛士已经被牛角挑起。朱莉真为这位斗牛士捏了一把汗，她知道如此锋利的牛角足可以将一个人开肠破肚。斗牛士被抛在地上，但公牛并没有停止攻击，它低着头连续向这个人刺去。周围的斗牛士吓坏了，但他们不能眼睁睁地看着公牛将同伴刺死，于是从四面围了过去。有的人拽住了牛尾巴，有的人抱住了牛腿，胆子大的抓住了牛角……

那个身负重伤的斗牛士艰难地从牛角下逃出，浑身是血的他被冲进来的医护人员抬走了。这头公牛的征战并没有因为众人的围攻而停止，反而变得更加疯狂了。

只听公牛一声怒吼，用力一甩脑袋，抓住牛角的两

个人被抛出了几米远。紧接着它四蹄用力,拖着抱住牛腿的人在体育场中跑起来。牛蹄奔腾,抱住牛腿的斗牛士被踩伤,有的甚至是骨断筋折。

谁也没有想到这头公牛竟然如此厉害,因为按照惯例第二头出场的公牛不会比第一头公牛强壮太多。

斗牛士们纷纷躲闪,避开这头在体育场中发狂的公牛,但也不乏一些勇士想和这头牛一较高下。结果,所有的勇士都挂了彩,败下阵来。

返回到看台上的劳拉和夏雪正好看到了这一幕。劳拉问:"你们难道不觉得这头牛不对劲儿吗?"

亨特和詹姆斯正看得过瘾,被劳拉这样一问也觉得好像哪里有问题。詹姆斯是一位斗牛爱好者,他根据自己的经验分析,这头牛好像被注射了兴奋剂。

这头公牛的确是被人动了手脚,那个人就是雷特。秦天追到体育场后面的时候,雷特已经给这头牛注射完一针兴奋剂了,所以雷特搞鬼的一幕秦天并没有看到。

蓝狼军团之所以派雷特来搅乱斗牛比赛,是因为雷

特身手敏捷,动作之快在团队里无人能比。事实也证明了这一点,秦天根本追不上雷特。

体育场上,那头公牛还在发疯。它朝那些躲避到一旁的斗牛士们冲去,想用一对锋利的牛角将他们一个个戳穿。

亚历山大突然一声大喊:"一群菜鸟,竟然还敢自称斗牛士,看我的。"说着他从座位上纵身跃起,拨开狂野呼喊的人群,向体育场冲去。

亚历山大的鲁莽行为是违反比赛规则的,因为每一名参加比赛的人都要经过报名、体检等环节,而且还要签订生死合同。

亨特想阻止亚历山大,但是已经来不及了,眨眼间亚历山大已到了赛场边。他无奈地向赛场上看去,那些斗牛士的块头与亚历山大相比并不逊色。亚历山大能战胜那头发狂的疯牛吗?作为一名特种兵如果没有死在战场上,却死在了斗牛场上,那将是一件可悲的事情。

亚历山大可没想那么多,他就是想教训一下这头桀

骜不驯的公牛。已经跳进赛场中的亚历山大从地上捡起一块红布。

"来这里，来这里！"亚历山大跑到公牛前，晃动着这块染着斗牛士鲜血的红布。

"哞——"公牛看着突然出现在眼前的亚历山大，仿佛在轻蔑地笑。

亚历山大与这头公牛对视，他的眸子简直比牛眼还大。他双手持布，又向前走了两步，此时距离公牛已经不足三米远了。

其他的斗牛士看到这位不知道从哪儿冒出来的勇士，都情不自禁地向后倒退了几步。偌大的斗牛赛道上只剩下了一头牛和一个人的对峙。

劳拉担心亚历山大被这头发疯的公牛挑伤，一个劲儿地大喊："亚历山大快回来，快回来！"

绝大多数的观众恰恰与劳拉相反。他们都期待能看到一场好戏，于是都在高声呼喊，为亚历山大加油。

是牛先发起攻击，还是人先下手为强？每个看客都

在猜测着开场的画面。

亚历山大虽然鲁莽,但并不傻,所以他绝不会主动对公牛发起进攻。他手拿红布微微地抖动了几下,等着牛撞过来。

被注射了兴奋剂的公牛"哞"地长啸一声就朝亚历山大手中的红布撞去。亚历山大快速地向旁边一闪,公牛从红布上一头撞了过去,由于用力过猛没有刹住车,一下子冲出了十几米远。

旗开得胜,亚历山大难以掩饰心中的兴奋,用力地抖了抖红布,发出"呼——呼——"的响声。公牛掉转身体,再次朝亚历山大发起攻击。

亚历山大死死地盯着冲向自己的公牛,做好了应对的准备。

手中这块红布是亚历山大的王牌。当公牛朝它冲来的时候不能因为畏惧而早早地撤收,那样公牛反而会转向去攻击斗牛士。当然,等公牛冲到身边时再闪开,则是非常冒险的行为,但真正的斗牛士就是要冒这个险。

第五章

勇斗疯牛

"嗵——嗵——嗵——"

公牛奔跑时蹄子踩踏地面发出的声音令人胆战。转眼间,它已经冲到了亚历山大的身旁。亚历山大还像上次那样猛地一收胳膊,同时身体向侧面一转。

出人意料的是,公牛竟然急转了方向,头猛地一歪,牛角径直朝亚历山大刺去。全场的观众都被这一幕惊呆了,他们张大了嘴巴,瞪圆了眼睛,喧哗的体育场变得鸦雀无声。

不想看到的一幕还是发生了,牛角挑到了亚历山大的胸部。幸运的是,两只牛角分开的角度比较大,所以亚历山大被牛角架了起来。亚历山大将红布扔在地上,双手抓住了牛角,然后翻身骑到了牛背上。在奔牛节的赛场上从来没有出现过这一幕,观众们可算大开眼界了。

公牛自然不甘示弱,不停地甩着牛头,同时后蹄向上抬起,想把亚历山大摔下来。亚历山大的两只手死死地抓住牛角,上半身趴在牛身上,双腿紧紧地夹住牛肚子,虽然好几次都差点儿从牛身上摔下来,但都化险为夷。

这头公牛不仅疯狂,而且很聪明,它竟然向前加速奔跑起来。亚历山大感觉到了耳旁呼呼的风声。他牢牢抓住牛角不敢放松。突然,公牛紧急刹车,巨大的惯性拖着四蹄在地面向前滑行了好几米。这招真是必杀之计,亚历山大难以控制身体向前的惯性,双手无法抓牢牛角,整个人像炮弹一样从公牛的身上射了出去。他硕大的身躯落地的时候也像炮弹落地时那样,将地面砸出一个大坑。

"我去帮他!"詹姆斯已经看不下去了,拨开前面的人就要冲到体育场上去。

亚历山大闹出的乱子已经够大了,亨特可不想詹姆斯再跟着添乱。他朝詹姆斯大喊:"你别跟那头疯牛较

量,只要把亚历山大拽回来就行。"

亨特的话从詹姆斯的左耳进入,不到0.01秒便从右耳钻出去了。

而体育场中的亚历山大,感觉自己的每一根骨头都被摔断了,眼前的金星用手一抓足可以攥上一把。

公牛见亚历山大被甩了出去,低下脑袋朝亚历山大撞去。公牛有上千斤的体重,再加上风一般的冲击速度和锋利的牛角,要是顶到亚历山大的身上,后果不堪设想。

亚历山大朦朦胧胧地看到了向自己冲来的公牛,想要站起来已经来不及了,他只好双手抱住头部,两腿弯曲,然后像一截树桩那样向一旁滚去。这绝对是最明智的险境逃生之术,双手和双腿将身体最薄弱的要害部位护住,即使被牛角刺中也不至于丢掉性命。

刹那间,公牛已经冲到了亚历山大的身边,牛角狠狠地朝他的身体刺去。由于亚历山大躲闪及时,公牛并没能刺中他,而是将地面戳出了两个深洞。现在,公牛完全处于主动地位,它转头继续朝亚历山大刺去,但是

牛角尖在距离其臀部0.01厘米时却突然停了下来。亚历山大本来已经做好了被刺中的准备，结果没有感觉刺痛，这令他意外地惊喜起来。

"我不会让你的一世英名毁在这头疯牛的牛角下。"一声大喊传进亚历山大的耳朵。

亚历山大翻身从地上爬起来，看到了正拽着牛尾巴的詹姆斯。公牛四蹄前弓，用足了力气往前拉，真是有一股不撞南墙不回头的牛劲。詹姆斯的姿势正好与公牛的相反，他两只手抓住牛尾巴，身体向后倾去，地面上已经出现了被公牛拖动的两道痕迹。

亚历山大一把将牛脖子抱住，大吼道："看我怎么收拾你！"

看台上的观众们都被惊呆了，他们张大嘴巴目不转睛地看着这两位勇士的表演。有的人甚至开始了竞猜，公然下起了赌注。有人赌公牛会赢，有人赌亚历山大和詹姆斯会赢。夏雪听到一个人说："肯定是牛赢，如果人赢了，我就趴在地上学三声牛叫。"

夏雪厌恶地看了这个人一眼,说道:"你就等着学牛叫吧!"

亚历山大和詹姆斯齐心协力,公牛的身体开始向一侧倾斜,前腿慢慢地弯曲,眼看就要跪在地上了。随着亚历山大歇斯底里的一声怒吼,那头发狂的公牛四脚朝天翻倒在地上。

"哗——"

看台上传来热烈的掌声,欢呼、呐喊声响成了一片。

夏雪转过头对刚才赌牛会赢的那个人说:"你输了,别忘了自己的承诺。"

这个人看夏雪是个中学生,而且是女生,根本不把她看在眼里,蛮横地说:"我就不学牛叫,你能把我怎么样?"

夏雪气得杏眼圆睁,用手指着那个人的鼻子说:"你说话不算数。"

"把你的手拿开。"那个人朝夏雪的手打去。

夏雪的手臂被打中,疼得龇牙咧嘴。

劳拉见夏雪被人欺负，伸手抓住那个人的手腕，吼道："快道歉！"

那个人见劳拉是一个漂亮的女生，不但不害怕，反而耍起无赖来。

"我看你细皮嫩肉的，连自己都保护不了，还敢替别人出头，这不是找打吗？"

劳拉最讨厌这种无赖，她面不改色，却暗自发力将那个人的手腕向上翻起。

"哎——哎哟——！"那个无赖疼得惨叫起来，连连求饶道："快放手，我道歉还不行吗？"

可是，劳拉刚一松手，那个人便挥手朝她打来。劳拉缩头，拳头带着风声从她的头顶划过。低下身子的劳拉顺势一拳，打在那个人的肚子上。这一拳劳拉只用了五成的力，但那个人已经痛得不行了，抱着肚子蹲在了看台上。

亚历山大和詹姆斯胜利而归。亨特见亚历山大和詹姆斯回来，刚要跟他们说话，突然口袋里的手机震动起

来。他掏出手机一看,惊喜地说:"是秦天打来的。"

"快接,快接!"夏雪在一旁催促道。

亨特按下接听键:"喂——喂——秦天你在哪儿?"

体育场中喊声震天,手机里的声音几乎完全被掩盖。亨特将手机紧紧贴在耳朵上,还是听不清秦天在说什么。其他人紧张地盯着亨特,都在猜测秦天说了什么。

"喂喂喂!"亨特几声连续的大喊后,将手机从耳边拿开。

夏雪焦急地问:"秦天都说了什么?他是不是遇到危险了?"

亨特摇摇头:"这里太吵,根本听不清秦天在说什么。而且,他只说了几句话通信就中断了。"

夏雪一把抢过亨特的手机,直接选择刚才的电话号码拨了回去,听筒传来令她失望的声音:"对不起,您拨打的电话已关机。"

"秦天一定出事了,我们快去救他。"夏雪的脑海中想象出无数个秦天遇险的画面。

亨特并没有安慰夏雪,而是对劳拉说:"你快带她回旅店,我们去找秦天。"

"不,我也要跟你们一起去。"夏雪大叫着。

劳拉一把抓住夏雪的胳膊:"别添乱,你去了大家还要保护你。"

亨特带领亚历山大、朱莉和詹姆斯挤开人群向体育馆的出口走去。劳拉则抓住夏雪不放,生怕她跑过去生出不必要的事端。

"咱们去哪儿找秦天?"朱莉紧跟在亨特身后问道。

亨特答道:"老街。"

刚才在接听秦天的电话时,他只听清了这两个字。

第六章

老街之战

红狮军团的特种兵到达斗牛镇后,便在机场的出口处买了一张斗牛镇的地图,所以,他们清楚地知道老街在哪里。

秦天是在老街吗?如果是,他跑到那里去做什么呢?

刚才那个电话的确是秦天从老街打给亨特的。可是,为什么秦天的电话会突然断掉,而且再也无法拨通了呢?这都怪秦天太抠门了。他是一个生活上很节俭的人,对自己十分苛刻,甚至到了"葛朗台"的程度。就拿这部手机来说吧,他已经用了五六年,而且是最廉价的那种款式,虽然最近一直莫名其妙地死机,但他还是舍不得换掉。也正是由于这部半死不活的手机,才导致今天的几次联络不畅。

秦天此时正在老街上,已经痛下决心要换掉这部手

机了。

秦天是一路追踪雷特来到这里的。在前一刻,他还看到雷特转身进入了老街,可是当他追进街口的时候,却看不到雷特的踪迹了。

老街的门店并没有在奔牛节期间热闹起来,而是依旧晚上九点钟打烊。此时,整条街上除了路灯依旧亮着,店铺都已经大门紧锁,漆黑一片了。雷特藏到哪里去了呢?秦天仔细地搜索着老街两侧的门店。突然,秦天感觉背后一阵凉风袭来,他想躲已经来不及了。后背被人凌空一脚踹中,秦天向前踉跄了几步。

这个人的身手好快,秦天还没有转身,第二脚又踢来了。秦天顺着刚才向前踉跄的步伐向下倒去,紧接着就地翻滚,躲开了这一脚。秦天转过身来,这才看清,偷袭自己的人正是雷特。

雷特用蔑视的眼神看着秦天,冷冷地说:"没想到你的脚力还不错,竟然能一直跟踪我到这里。"

雷特在蓝狼军团的雇佣兵中以速度快著称,从来没

有人能跟踪他这么久,所以他也感觉到今天遇到了强敌。

秦天双手展开呈白鹤亮翅状,对雷特说:"有本事你就放马过来吧,别总是鬼鬼祟祟地夹着尾巴逃跑。"

雷特愤怒地吼了一声,一个箭步冲上前来,直拳逼向秦天的面门。秦天擅长以柔克刚之术,只见他并不躲闪,也不硬碰硬地去迎击拳头,而是抬起右臂由下至上稍微用力向上一推,雷特的胳膊就像失控一样弹了起来,千斤力量被化为乌有了。

雷特见自己的重拳被轻松化解,紧接着抬起右脚朝秦天小腿踹去。秦天同样没有躲闪,而是一拳砸向了雷特这条腿的膝盖。雷特的脚尖刚刚接触到秦天的裤腿,便感觉到一股不可抗拒的力量令他不得不将小腿弯曲下来。这一脚又没有得逞。

雷特并不死心,拳脚相加向秦天展开了更加猛烈的攻击。秦天见招拆招,令雷特无法得逞,而且消耗了他大量的体力。这是一场西方的拳法与中国武术的对抗,显然只靠力量和速度的西方攻击之术,无法与中国博大

精深的武术相抗衡。没有多久,雷特的拳速和力量就明显减弱了,而秦天则气息平和丝毫没有破绽。

就在两人处于胶着的打斗状态之时,突然在路灯的照耀下一道银光闪过。秦天向侧面一躲,这道银光紧贴着自己的面颊飞过,"当"的一声戳在了路边的店门上。

秦天被吓出了一身冷汗,如果被这枚暗器袭中,必死无疑。就在他稍微迟疑之际,一个黑影从屋顶飘然落下。此人一身黑衣,面部蒙着一块黑纱,只露出一双细长的眼睛。

"美佳!"秦天一眼就认出了这位老对手。

美佳并不恋战,一把抓住雷特,转身就跑。

秦天心想,看来蓝狼军团果然都来到了斗牛镇,难道这里能有他们大捞一把的好机会吗?来不及多想,秦天朝美佳和雷特追去。可是,没有追出几米远,美佳和雷特便钻进了一条漆黑的胡同,完全融入浓墨般的黑暗之中。

秦天追进小巷,却发现美佳和雷特已踪迹全无。秦

天知道一定是美佳使用了她最擅长的隐身术,带着雷特逃之夭夭了。

黑暗的尽头,美佳已经拉着雷特跑到了一条霓虹闪烁的街道上。

"不是跟你交代好了吗?"美佳质问道,"尽量不要跟他们交战。"

雷特不以为然:"你们是不是被红狮军团吓破胆了?我才不怕他们呢!"

"你知道什么?"美佳愈加地愤怒了,"这次行动一旦被红狮军团发现,麻烦就大了。"

在无休止的争吵声中,美佳和雷特的背影消失在街灯的暗淡光线中。

老街的小巷中,秦天正失望地往外走。他猜测蓝狼军团到斗牛镇来,肯定是有什么不可告人的阴谋,而自己刚才就错过了弄清真相的机会。

"秦天!"

刚刚走出小巷,有几个人便一下子把秦天围住了。

秦天定睛一看,原来是亨特他们几个赶来了。

"到底发生什么事情了?"亨特焦急地问。

秦天将从体育场到刚才发生的事情简要地讲述了一遍。亚历山大攥着拳头说:"我说那头牛怎么如此厉害呢,肯定是雷特动了手脚。"

亨特不满地瞪着亚历山大:"以后别再鲁莽行事了,不要暴露咱们的身份。"

亚历山大点点头:"我以后注意就是了。"

"夏雪呢?"秦天突然问道。他发现人群中少了夏雪,开始后悔自己在检票处没说一声,就把夏雪丢在了那里。

"呵呵,你放心吧!"朱莉语气怪怪地说,"我们不会把夏雪给弄丢的,已经让劳拉护送她回旅店了。"

秦天悬着的心这才放下来。亨特看了看手表,已经是夜间十点三十分了。他们在路边拦了一辆出租车,直奔"维多利亚"旅店。

在这座小城的另一条街道上,美佳和雷特并没有返

回住处,而是坐上一辆出租车赶往郊区。出租车开上了一条乡村土路,美佳警觉地看着车外,灯光所照到的地方除了稀稀疏疏的树木,便是乱石荒草。司机有些害怕了,心想:这两个陌生的乘客要求自己把车开到如此偏僻的地方,不会有什么危险吧?

"向右转。"在一个岔路口,美佳对司机说。

司机转动方向盘,他看到在车灯光柱的尽头出现了一栋破败的房子,那里有着隐约的灯光。

汽车最终停在了破房子前。美佳把钱塞在司机的手中,威胁道:"记住千万不要告诉别人,你曾经送我们来过这里,否则——"

说到这里美佳冷冷地一笑。司机浑身起满了鸡皮疙瘩,他已经明白了美佳的意思,急忙说道:"你放心,我不会乱说的。"同时,他手忙脚乱地开着汽车离开了。

第七章

旧屋中的交易

雷特并不知道美佳为什么带他来这里。

美佳敲响了院门。院子里传来了一个男人的声音："谁呀？"

美佳急忙应答："是布鲁克让我来的。"

紧接着，雷特和美佳听到了越来越近的脚步声。然后，铁门向里面敞开了。一个中年男人手里拿着手电筒，从他们两个的头顶照到脚底，足足打量了他们几分钟。

"钱带来了吗？"这是他开口的第一句话。

"当然，一分也不会少。"美佳从口袋里掏出了一张银行卡，"全部都在这里面，你随时都可以转账。"

中年男人接过银行卡，转身向屋内走去。美佳和雷特跟在后面，进入了一间光线昏暗的屋子。

"老大，人已经来了。"

中年男子将美佳和雷特带到了一个留着络腮胡子的光头男人面前,然后便转身进了另一间屋子。

美佳问:"你就是卢拉吧?"

光头男人点点头:"没错,就是我。你们要的东西我已经准备好了。"卢拉指着地上的一个木箱说。

美佳蹲在地上,打开木箱的盖子,里面竟然是枪支和弹药。雷特的眼睛瞪得溜圆,这才知道美佳是带他来买军火的。

这次,蓝狼军团的雇佣兵坐飞机来到斗牛镇,由于要经过几道安检程序,所以没能带上任何武器。他们绝不是来旅游的,而是有一项重大的任务要完成,所以便联系了当地的军火走私商,从当地购买武器。

雷特一看到武器马上精神起来,随手抄起一支M4A1步枪,仔细端详。美佳也拿起武器一件件地查看,检查武器是否良好。仔细检查之后,美佳盖上了木箱的盖子,说道:"您的货果然名不虚传,都是正品新货。"

在昏暗的灯光下,卢拉的脸上露出得意的笑容。"在

斗牛镇没有我卢拉办不到的事情,你们有什么需要尽管来找我。不过,我从不赊账,都要现金交易。"

此时,刚才开门的那位中年男子重新回到卢拉的身边。他贴近卢拉的耳边小声说:"老大,他们给我的银行卡里的钱已经成功转账。"

卢拉点点头,笑着对美佳和雷特说:"交易完成,我派人送你们回去。"

美佳和雷特抬着箱子从屋里走出来。一辆黑色的面包车已经停在大门口,那是卢拉特意安排的。美佳和雷特将木箱抬到面包车上,随后坐了上去对司机说:"伊丽莎白酒店。"

不久后,面包车停在伊丽莎白酒店的门口,美佳和雷特抬着木箱往里走。有了这些武器和弹药,他们可以在小小的斗牛镇干出惊天动地的大事了。

夜间十一点钟,维多利亚旅店的一间客房中,一位少女站立在窗前焦急地等待着。

"夏雪,你不必担心,秦天会安全回来的。"劳拉劝

说道。

夏雪还是站在窗前一动不动,她在想秦天到底去做什么了呢?亨特他们找到秦天了吗?疑问在下一秒就被解开了,因为她看到了几个熟悉的身影正从一辆出租车里下来。

"秦天回来了。"夏雪恢复了欢快的声音,打开门朝楼下跑去。

劳拉也跟着跑了出来。在旅店的大厅里,夏雪迎头撞上了刚刚走进来的秦天和他的战友们。

"秦天,你跑到哪儿去了?"夏雪生气地问。

秦天不想让夏雪知道发生了什么,撒谎道:"没事儿,我只是不喜欢看斗牛,所以到别的地方转了转而已。"

夏雪竟然信了,表情突然一变朝秦天怒吼道:"你知道的,我也不喜欢看斗牛,为什么不叫上我跟你一起去玩。"

劳拉及时解围,拉着夏雪说:"咱们快上去睡觉吧,明早还要出去玩呢!"

在电梯里,亨特压低声音说:"大家都到我的房间来一下。"

夏雪被劳拉送回了房间,其他人则到亨特的房间集合。亨特一脸严肃地说:"咱们分析一下蓝狼军团到底是来斗牛镇干什么的?"

所有人都沉默不语,实在是没有头绪。

"当当当!"

正在大家一筹莫展之际,突然有人敲门。朱莉站起身来,通过门镜警惕地望去。原来是劳拉,她拉开门,劳拉闪身进入屋里。

"我刚刚听到一个重大的消息。"劳拉一进门便兴奋地说。

其他人都盯着劳拉,等待她说出下文。劳拉坐在秦天身边,顺手拿起杯子从饮水机里接了一杯水。

"这水真难喝。"劳拉一饮而尽之后,情不自禁地说。

"快说正题。"亨特催促道。

劳拉放下杯子:"刚才我把夏雪送回房间,然后赶往

这里,正好在走廊里遇到了旅店的经理。他正在跟员工们交代事情,我听他说斗牛镇将迎来八个大国的领导人,所以斗牛镇的政府要求所有服务业的人员都加强文明服务的意识。"

"原来如此!"听到这里秦天已经猜到了蓝狼军团出现在斗牛镇的原因,"八国领导人齐聚斗牛镇肯定是有什么重要的会议要举行,所以蓝狼军团是奉命来破坏这次会议的。"

朱莉突然想到了一个问题,那就是蓝狼军团和他们一样,都是乘坐飞机来到斗牛镇的。这也就是说,蓝狼军团不可能把武器带到这里。亨特同样想到了这个问题,他马上命令道:"快查一查,在斗牛镇从哪里可以弄到武器。"

朱莉立即打开电脑,利用黑客程序进入警方的电脑,开始搜寻资料。

这次黑客攻击行动令他们收获颇丰。首先,朱莉查到了斗牛镇的黑手党老大——卢拉的资料。这个人在斗牛镇呼风唤雨,黑白两道通吃,靠走私军火发家;其次,

朱莉还查到了八国领导人来斗牛镇的真正目的。警察局的资料显示,八国领导人表面上看是来参加奔牛节庆典的,而实际上则是要召开一个关于打击恐怖组织的峰会。一旦峰会取得成功,八个国家将组成联合部队,共同打击活跃在世界上的恐怖组织。

"看来一个小小的斗牛镇将要有一场大战要打了。"亚历山大不但没有担心,反而有些兴奋。

"要阻止蓝狼军团的行动,咱们就必须先找到斗牛镇的黑手党老大——卢拉。"亨特说道。

亚历山大不解地问:"找他干什么?"

詹姆斯抢先回答:"第一,蓝狼军团肯定会去找卢拉买武器,也许我们能从他那里得到更多的消息;第二,我们也需要武器,不然只能赤手空拳和蓝狼军团较量了。"

主意已定,大家分头回到各自的房间休息。幸运的是,还没有停水,秦天终于能冲个澡了。细小的水流喷洒出来,秦天突然想到了一件事情。斗牛镇最稀缺的东西是水,而且在整个城镇只有一个净水厂,蓝狼军团会

不会通过破坏净水厂来扰乱奔牛节的正常举行呢？

秦天准备把自己的想法跟亚历山大说说，可是当他从浴室中走出来的时候，亚历山大已经倒在床上，鼾声如雷了。

亚历山大的鼾声可以用惊天动地来形容，所以住店的时候没有人愿意跟他在一个房间。秦天不愿与人计较，所以便每次都和亚历山大住在一起。他甚至已经习惯了亚历山大的鼾声，如果没有震耳的呼噜声，也许他还会失眠呢。

第八章

购买装备

天亮之后,亨特和秦天悄悄地去打探卢拉的消息了,而其他人则继续在斗牛镇游玩。秦天特意叮嘱大家不要把这件事告诉夏雪,以免她担惊受怕。

天黑的时候,亨特和秦天拖着疲惫的身体回到了旅店。他们在斗牛镇转悠了一天,问了很多人,都没有找到卢拉的联系方式。而且,每当他们问到卢拉的时候,被问的人都会非常警觉地远离他们。

詹姆斯和亚历山大带着三位女生回来的时候却是兴高采烈的,看来他们这一天玩得很尽兴。

在宾馆的房间里,亚历山大问秦天:"你们找到卢拉的联系方式了吗?"

秦天没说话,只是摇摇头。

亚历山大随手扔给秦天一张小纸条。秦天从床上捡

起纸条一看，兴奋地跳了起来。原来，亚历山大扔给秦天的纸条上写着卢拉的联系电话。

"你是怎么弄到的？"秦天激动地问。

"有心栽花花不开，无心插柳柳成荫。"亚历山大不紧不慢地说，"昨天晚上的斗牛比赛，我在体育场斗败了一头疯牛。现在，我已经是斗牛镇的风云人物了。"

秦天不解："这和卢拉又有什么关系？"

亚历山大接着说："今天我们在斗牛镇游玩，遇到了一位昨晚参加比赛的斗牛士。他请我们喝咖啡。期间，我便问到了卢拉的事情，结果你猜怎么着？"

秦天直勾勾地看着亚历山大，等待答案。

亚历山大兴奋地说："那个人竟然是卢拉的手下，他答应帮我联系卢拉。这个电话并不是卢拉的，但通过这个号码可以联系到卢拉的经纪人。"

第二天，秦天按照纸条上的电话号码打了过去。接电话的是一位中年男子，他们约好在一家咖啡馆里见面。秦天和亨特前去赴约，而其他人则照常去游玩。在咖啡

馆里，秦天和亨特准时见到了这位中年男子。他穿着一件公牛头图案的T恤衫，脖子上挂着一条小手指粗的金链子。这身标志性的行头，一眼便会让人辨识出他的品味。

亨特开门见山："你能带我们去见卢拉吗？"

"这要看你们想找他做什么？"中年男子一口喝了半杯咖啡，"当然还要看你们的诚意。"

亨特知道中年男子所说的诚意是什么意思。他立刻掏出了一沓钞票摆在男子的面前。

"这是您的劳务费，如果不够可以再加。"

中年男子瞥了一眼钞票的厚度，一把抓起来塞进了腰包。"好吧，现在你们可以说想找卢拉做什么了。"

"我们想找卢拉购买几支枪。还有，顺便打听一些事情。"亨特说。

"买枪可以，打听事情就免了吧！"中年男子将剩下的半杯咖啡一饮而尽，"为买家保密是我们的原则，要不然我们也不会在斗牛镇立足这么长时间。"

亨特与秦天交换了一个眼神，两个人默契地点点头。

亨特说道:"好吧,我们只买武器。"

中年男子站起身:"跟我走吧!"

秦天和亨特坐上中年男子的黑色轿车。汽车在斗牛镇的街道上行驶,嘈杂的人群和各具特色的店铺从车窗中闪过,秦天刻意记下了行驶的路线。汽车并没有驶出城区,而是拐进了一个城中村落。在一座高墙围起来的院子前,汽车停了下来。

"下车吧!"中年男子打开了车门。

秦天和亨特随中年男子一起向院子里走去,两条大狼狗凶神恶煞般地从屋里冲出来,露出锋利的牙齿就要往秦天和亨特身上扑。

"滚开!"中年男子朝两条大狼狗吼了一声。这两条狗夹着尾巴躲到一边去了。

"老板,人带来了。"中年男子毕恭毕敬地对一位坐在沙发上的光头男人说。

卢拉坐在沙发上头都没抬一下,继续看着手中的报纸。秦天和亨特警觉地观察着这间屋子,发现这里只有

卢拉和中年男子两个人。

卢拉是位老江湖，能在斗牛镇坐稳第一把交椅绝对不是靠运气。就拿他的狡猾谨慎来说吧，上次和蓝狼军团交易的时候是在郊区的破屋子里，而这次交易则在城中村落里。这便是他的高明之处，每次交易都会变更一个地点，所以外人永远不知道他在哪里。

卢拉放下报纸，抬头打量着秦天和亨特。秦天和亨特同样打量着卢拉。无意中，秦天看到卢拉放在茶几上的那份报纸，头条新闻是：八国领导人将于三天后齐聚斗牛镇。

"你们找我买武器不会是为了这个吧？"卢拉指着报纸的头条新闻说。

亨特毫不隐瞒地说："您猜对了。不过，我们是维护正义的那一方。"

卢拉笑了笑："在我这里没有正义与邪恶之分，只有胜者和败者之分。"

其实，卢拉早就调查清楚了红狮军团的底细。他知

道红狮军团和蓝狼军团是死对头，而自己却偏偏把武器同时卖给了双方。所以，在他眼里只有利益，没有对错。

秦天想跟卢拉争辩，却被亨特阻止了。他知道要想从卢拉的嘴里得到蓝狼军团的消息是不可能了，从他这里能够得到的只有枪。

"你们想买几支枪？"卢拉问。

秦天答道："六支。"

"带了多少钱？"

亨特把手中的提包递给卢拉的经纪人。那人打开提包大致数了一下里面的钱，笑着对亨特说："这些钱只够买一些破烂货。"

"破烂货是什么意思？"亨特问。

卢拉对中年男子说："你把家伙拿过来给他们看看。"

中年男子转身进入了另一间屋子，然后从里面搬出了一个军绿色的木箱。秦天蹲下身子将木箱打开，顿时恼火地质问道："这些枪不都是一些淘汰下来的二手货吗？"

"你们的钱只够买这种货，我不能做赔本生意。"卢

拉一副无所谓的样子,"要不要随你们便。"

亨特盖上箱盖,他知道武器再差也比没有强。

"送客!"卢拉不高兴地说。然后,他拿起那份放在茶几上的报纸,挡住了半张脸。

秦天和亨特抬着木箱跟在中年男子的后面。按照惯例,中年男子会驾车将买家送回住处。他之所以这样做表面上看是服务周到,其实是想弄清楚买家的住处。这样一来,卢拉可以随时找到自己的买家,而买家则永远无法直接找到卢拉。

中年男子一言不发,驾驶汽车快速行驶在斗牛镇的街道上。秦天有一些问题总想问他,可是话到嘴边却又咽了回去。

"你是斗牛镇本地人吗?"秦天试着与他搭讪。

中年男子点点头。

秦天继续试探着问:"如果蓝狼军团伤害斗牛镇无辜的百姓,你会阻止他们吗?"

"斗牛镇的百姓跟他们无冤无仇,他们不会这样做

的。"中年男子根本不相信秦天的话。

"我说的是如果。"秦天强调。

中年男子迟疑了片刻:"当然,如果他们那样做,我肯定会阻止他们。"

"那么如果蓝狼军团要这样做,他们会选择从什么地方入手呢?"秦天又提出了一个假设。

"那还用问,肯定是净水厂呀!"中年男子毫不犹豫地回答。

第九章

将计就计

维多利亚旅店里,秦天和亨特正在房间里拆卸刚刚运回来的武器。这些老式步枪锈迹斑斑,必须要经过擦拭和校准之后才能使用。步枪被两个人拆成一个个的零件,然后用油浸泡,除掉锈迹后再重新组合到一起。

"当当当!"突然,有人敲门。两个人赶紧把枪藏到床下。秦天擦了擦手上的油,走近房门问道:"谁呀?"

"我是旅店的服务员。对不起,打扰一下,请问需要打扫房间吗?"门外传来一个女人的声音。

隔着门镜,秦天向外看去。走廊里,一个女生推着一辆清洁车,帽子戴得很低,看不清她的脸。

秦天说:"谢谢,不用打扫了。"

服务员在门前停留了几秒钟,转过身推着清洁车向前走去。服务员转身时,秦天看到了她的侧脸,觉得这

个人似曾相识。

听着门口的脚步声走远,亨特将没有组装完的枪从床下取出来。秦天却站在门前一动不动,回想着在哪里见过这女人。突然,秦天好像想起了什么,猛地打开门朝走廊里望去。

亨特被吓了一跳,朝秦天喊道:"你要干什么,小心走光!"当然,亨特所说的"走光"是指他们的枪被人发现。

秦天不说话,只是探着头朝走廊里望。看了几秒钟之后,他追了出去。追到走廊的尽头,秦天仍没有看到那名服务员。

亨特觉得不对劲,赶紧跑到门口朝秦天喊道:"发生什么事情了?"

秦天朝亨特摆摆手,神色凝重地走回来。一进屋,他便对亨特说:"也许是我弄错了,我感觉刚才的服务员好像是蓝狼军团的凯瑟琳。"

"你是怎么看出来的?"亨特问。

"刚才那个人从身高和声音上都和凯瑟琳非常接近，最重要的是她竟然穿了一件长袖衬衫，而且将衣领竖起，这明显是欲盖弥彰。"

亨特皱着眉头，认为秦天分析得有道理，因为这里的服务员都是统一的白色短袖衬衫。这个服务员却在大热天，与众不同地穿上了长袖衬衫，肯定是想掩盖什么东西。

秦天继续说："凯瑟琳的小臂上有一个镰刀图案的文身。所以，我猜测她想掩盖那个图案。"

"快收拾东西，准备换旅店。"亨特着急起来。

秦天拦住了亨特："你这样做反而中了蓝狼军团的诡计。"

亨特的脑门上冒着一个大问号。秦天走到窗前，将窗帘掀开一条缝隙向外望去。"如果我没猜错的话，蓝狼军团并没有确定我们是否住在这里。而且，凯瑟琳只是被派出来打草惊蛇的人而已。"

说到这里，秦天的目光停留在马路对面的一棵大树

下。他看到了两个熟悉的身影，于是朝亨特招手："你快看，我们的老对手果然在楼下等着我们呢！"

亨特朝秦天指示的地方望去，一眼便认出了泰勒和艾丽丝，虽然这两个人都戴着一副可以挡住半张脸的墨镜。

"咱们现在该怎么办？"亨特问。

"哼哼！咱们正愁找不到'蓝狼军团'呢，如今他们自己送上门来了，咱们就将计就计。"

秦天已经想到了一个对付蓝狼军团的好办法。他立刻给正在斗牛镇游玩的劳拉打电话，进行下一步行动的部署。秦天让劳拉他们兵分两路：劳拉带着夏雪去寻找另一家旅店，然后今晚就住在那里不要回来，并给其他人预订房间；亚历山大、朱莉和詹姆斯则立即返回维多利亚旅店，不过他们不会走进旅店，而是躲藏在附近监视旅店门口的泰勒和艾丽丝。

亨特抓紧时间组装枪支，并进行调校，说不定这些枪今天晚上就会派上用场了。秦天一直躲在窗帘后监视着蓝狼军团的雇佣兵。他的猜测果然没有错，没多久刚

才那名服务员打扮的人便从"维多利亚"旅店走出去，与泰勒和艾丽丝会合了。

一辆银白色的轿车停在了距离维多利亚酒店大约一百米远的地方。秦天马上接到了亚历山大的电话："我们已经到了，就在一辆银白色的轿车里。"

"我已经看到你们了，汽车是从哪儿弄的？"秦天问。

"用我所剩无几的私房钱租的呗！"亚历山大说。

秦天提醒道："你们向正前方看，蓝狼军团的人在旅店门口对面的马路旁，一棵伞状的大树下。"

车内的人很快便找到了秦天所说的人。亚历山大兴奋地问："是不是要我们马上抓住他们？"

"千万不要！"秦天阻止道，"你们只要静静地等在车里，然后跟踪他们到住处就可以了。"

"明白了。"亚历山大连连点头，"将计就计，找到蓝狼军团的根据地，这样就可以监视他们每天的行动了。"

秦天离开窗前，和亨特一起将最后一支枪组装好。然后，两个人开始向弹夹里压子弹。六支枪，十二个弹

夹，子弹被压得满满当当。枪和弹夹被装进了两个黑色的长条形背包里，不知道的人还以为里面装的是网球拍之类的东西呢！

"秦天，蓝狼军团的人已经离开。"亚历山大的声音传来。

"一定要注意保持距离，千万不要被他们发现。"秦天叮嘱道。

说完，秦天急迫地走到窗前，将窗帘挑开一条缝隙向外望去。此时，已经接近黄昏，夕阳在马路上洒下了一片片金色的光辉。他看到那辆银白色的轿车沿着马路缓缓地向西驶去。

伊丽莎白酒店的门口停满了高级轿车，能住在这个酒店里的人都不是小人物。一辆银白色的轿车并没有停在酒店的停车场，而是停在了酒店对面的马路边。在这辆轿车里，朱莉正透过车窗紧密地观察着伊丽莎白酒店门口进进出出的人。

在一个小时前，他们跟踪的那三个蓝狼军团的雇佣

兵就是走进了这家酒店。詹姆斯羡慕地说:"你看看人家住的酒店,再看看咱们住的旅店,简直是一个天上一个地下。"

"你羡慕他们吗?"朱莉问。

詹姆斯点点头:"有点!"

刚说完这句话,他的脑袋上就挨了一巴掌。"我看你就是一个当叛徒的料。"朱莉说完这句话,立刻就后悔了。因为,这让大家想起了不愉快的事情。

第十章

一路追踪

索菲亚的叛变曾给红狮军团带来致命的打击,他们因此失去了一位好战友——布莱恩。每个人都曾经恨透了索菲亚,但是当索菲亚挺身而出,挡住了射向他们的子弹时,大家又都原谅了她。

如今,布莱恩和索菲亚都已经离世。这两个人也成了他们永远忌讳的话题。

刚才,朱莉无意中提到了"叛徒"两个字,一时间令大家陷入了悲痛之中。

华灯初上,伊丽莎白酒店门前比白天还要热闹。朱莉始终注视着从伊丽莎白酒店中走出来的人,却一直没有发现蓝狼军团的踪影。他们不敢打开车门,更不敢从车里走出去,因为他们知道蓝狼军团的雇佣兵都是反侦察的老手,说不定一直在监视着酒店外的可疑人员和车

辆呢!

亚历山大的块头大,能量消耗也快。他提前买了几个汉堡放在车上,此时正两口一个地往肚子里吞。第二个汉堡刚刚咬了一口的时候,朱莉小声地说:"猎物出现了。"

亚历山大将剩下的半个汉堡塞进嘴里,鼓着腮帮子向伊丽莎白酒店门口望去,正看到以布鲁克为首的蓝狼军团从门口走出来。这几个家伙穿着休闲装,左顾右盼地上了一辆黑色的越野车。

蓝狼军团的汽车向东驶去,而红狮军团的汽车则车头朝西。路上有隔离带,亚历山大要把车开到下一个路口才能掉头。

当亚历山大好不容易将汽车转过头来的时候,蓝狼军团的黑色越野车已经不见踪迹了。

"可恶的隔离带!"亚历山大抱怨着。

亚历山大驾车左右并线,超越了一辆辆汽车向前追去,直到距离一个十字路口还有二三十米的距离才再次看到那辆黑色的越野车。

眼看着那辆越野车穿过十字路口继续向前驶去，亚历山大一脚将油门踩到底，却又在十字路口的斑马线前来了一个紧急刹车。交通信号灯变成了红色，南北方向的车流鱼贯而出，亚历山大不得不停下来。

"快看看他们所走的路线是通向哪里的！"朱莉回头对詹姆斯说。

詹姆斯赶紧掏出地图，首先找到了伊丽莎白酒店，然后沿着酒店门前的大街向东查看。这条路一直延伸到郊区，与斗牛镇的环城公路相接。沿环城公路向南行驶大约十公里的路程，詹姆斯看到一个明显的标志性建筑——斗牛镇净水厂。

"如果我没猜错的话，他们是要去净水厂。"詹姆斯说。

朱莉立刻拨通了亨特的手机："我们现在正在跟踪蓝狼军团，他们很可能是要去净水厂。"

"这群坏蛋真的要在斗牛镇唯一的水厂动手脚。"这一切都在亨特的预料之中，他挂断了电话对秦天说："咱

们也该出动了。"

两个人背起黑色的背包,走出了维多利亚旅店的大门,在旅店拐角处的租车处,租了一辆摩托车。就这样,两个人骑着摩托车直奔净水厂方向。

从维多利亚旅店到净水厂和从伊丽莎白酒店到净水厂的距离差不多。但是,蓝狼军团先于他们出发,所以要想阻止蓝狼军团的行动,秦天和亨特必须加快速度。

秦天驾驶摩托车,亨特坐在后面。摩托车开到上百迈,但亨特还是嫌速度不够快。秦天已经将油门踩到底了,摩托车发出撕心裂肺的吼声,好像在下一秒就要报废了。

在另一条路上,亚历山大也正驾驶汽车追赶蓝狼军团。穿过繁华的城市街道,蓝狼军团的黑色越野车已经进入了环城公路,正在向南行驶。环城公路上汽车寥寥,朱莉坐在副驾驶的位置能清晰地看到前面的汽车。

"注意与他们保持一定的距离。"朱莉提醒道。她知道在这条路上,如果跟得太紧,很容易被蓝狼军团发现。

环城路上没有路灯，但是亚历山大却不敢打开远光灯，生怕引起蓝狼军团的注意。从地图上看，此处距离净水厂已经不足三公里。

就在此时，红狮军团的车突然向左偏去，车身变得颠簸起来。朱莉马上意识到了一个问题：汽车的轮胎没气了。

亚历山大不得不将车停在路边。他和詹姆斯围着车转了一圈，竟然发现每个轮胎都被钉子扎破了。事情太蹊跷了，蓝狼军团的车也是从这条路经过的，可是他们的车却完好无损地行驶着，红狮军团的车却被突然冒出来的钉子扎破了轮胎。这种事情只有一种可能，那就是蓝狼军团已经发现了红狮军团在跟踪他们，而这些钉子就是他们撒在路上的。

看着干瘪的汽车轮胎，亚历山大愤怒地抡起拳头朝着机头盖狠狠地砸去。一声巨响过后，机头盖被砸出了一个深坑。

"看来蓝狼军团已经发现咱们了。"朱莉说，"咱们绝

不能让他们得逞。"

如今四个轮胎都已经被扎,仅有的一个备胎根本起不到作用。詹姆斯拔下汽车的钥匙,然后将车锁上,喊道:"咱们快追!"

三个人徒步沿着公路朝净水厂的方向跑去。三个人的奔跑速度明显不同,詹姆斯的速度最快,朱莉其次,亚历山大最慢。亚历山大壮硕的身形决定了他不可能有太快的速度。不过他想起了一件事,那就是给亨特打电话,把现在的情况告诉他。

秦天正驾驶摩托车从环城路的另一个方向驶向净水厂,坐在后面的亨特接到了亚历山大的电话。耳边的风声呼呼作响,亨特勉强听清了亚历山大说的话。他立刻贴近秦天的耳朵大喊:"再快些,蓝狼军团已经把亚历山大他们甩掉了。"

秦天已经将这辆摩托车的性能发挥到了极限。路上光线昏暗,前面的弯道很难提前看清,如果不能在通过弯道时提前减速,摩托车百分之百会因失控而甩出去。

接近净水厂时,秦天看到迎面有一辆汽车拐进通向净水厂的小路。他赶紧关掉车灯以免被对方发现。很快,秦天驾驶摩托车也拐进了这条小路。

汽车并没有停在净水厂的门口,而是停在了一侧的外墙旁。秦天看到几个人从车上下来,蹬在汽车顶上,然后麻利地翻过了净水厂的围墙。当秦天驾驶摩托车停到这辆车旁时,汽车里已经空无一人了。

第十一章 事出蹊跷

秦天和亨特翻越围墙，跳进了净水厂。净水厂的院子很大，中间还有一座假山，一条水泥路环绕着假山。秦天和亨特打开背包，只留下自己使用的枪，而其他枪支则放在了水泥路边的一个垃圾桶里。这些枪是留给随后赶到的亚历山大、朱莉和詹姆斯的。

通过电话，亨特将放枪的位置告诉了亚历山大。然后，亨特和秦天一个向左一个向右，分别沿着环绕假山的路去追踪蓝狼军团。秦天向右追去，他好像听到前面有哗哗的流水声。转过弯道之后，果然在眼前出现了一个巨型的蓄水池。更加令秦天惊喜的是，他还看到在蓄水池旁有一个熟悉的身影。他就是泰勒。

泰勒站在蓄水池旁，从口袋里掏出一个塑料袋，正要将里面的一种粉状物质倒进蓄水池中。秦天连想都不

用想,就知道那一定是毒粉。

"住手!"秦天大吼一声,转眼间冲到了泰勒的跟前。

泰勒一只手拿着已经撕开包装的白色粉末,一只手抄起了枪,将枪口对准了秦天。

"没想到你追得还挺快。"泰勒轻松地一笑,好像早就意料到了这一幕。

秦天的枪口也对着泰勒,两个人就这样对视着。

泰勒嘲笑地说:"就凭你手中这把破枪也敢跟我斗?"

"哼,不管是什么枪,只要子弹飞得快,一样要你的命。"秦天冷冷地说。

"如果咱们两个同时开枪,你猜谁会先死?"泰勒眯着眼睛说。

"当然是你,因为我扣动扳机的速度比你快。"秦天向前逼近了一步,两个人的枪口都快碰到一起了。

"哈哈哈!"泰勒突然一阵冷笑,"那可不一定。"

话音未落,泰勒的手一松,那袋白色的粉末向蓄水池中落去。他想以此来分散秦天的注意力,然后趁机向

秦天开枪。秦天身经百战，虽然这种小伎俩他一眼就看穿了，但他还是纵身一跳去接那袋下落的白色粉末了。

泰勒得逞了，但奇怪的是他并没有开枪射击秦天，而是一转身躲进了假山里。秦天扑通一声落入了蓄水池中，他一把抓住那包漂浮在水面上的白色粉末，朝蓄水池边游来。

爬出蓄水池，秦天发现泰勒已经不见了。他为什么没有开枪呢？也许他怕枪声惊动净水厂的工作人员吧。秦天只能这样解释了。

不知道亨特那边的情况怎么样。秦天准备继续向前寻找，身后却传来了脚步声。他猛地转身，将枪口对准了身后的人。

"秦天，是我们。"冲在最前面的詹姆斯小声说。

朱莉和亚历山大紧跟在后面，他们已经拿到了武器。很显然，这三个人对手中的垃圾武器很不满意。

此时，亨特已经绕过假山，正在向净水厂院子的南侧走去。在那里耸立着一座水塔，蓄水池里的水是经过

净化的,它们被增压泵抽到水塔上去,这样才能有足够的水压,以便输送到斗牛镇的千家万户。

在水塔下有两个黑影,由于光线很暗,所以亨特无法确定那是不是蓝狼军团的人。于是,亨特蹑手蹑脚地向水塔靠近。他看到其中一个人开始沿着梯子向水塔上爬去。

从背影看,这个向上爬的人很像布鲁克。亨特判断,布鲁克一定是要爬到水塔上去投毒。亨特想如果自己就这样冲过去肯定会寡不敌众,所以他决定先下手为强。

亨特躲在一棵树后,将枪托抵在肩窝,左手托住枪的护木,这样枪在发射子弹时能稳定一些。说实话,他对手中这支老旧步枪的精度并没有信心。这支步枪并没有瞄准镜,所以亨特只能通过准星和照门来瞄准。瞄准布鲁克,亨特的手指轻轻扣动扳机,子弹破膛而出,枪口喷出一团火焰,在黑夜中格外显眼。这枪的后坐力比亨特以前使用的枪的都要大,所以他感觉到枪口稍稍有些上抬。

"是谁?是谁开的枪?"那个已经爬了几节梯子的人

居然跳了下来,亨特并没有打中他。

"这该死的枪。"亨特骂了一句,真想将这支破枪摔断。

"砰砰!"

水塔旁边的两个人朝亨特各开了一枪,子弹击中了亨特身旁的大树。

秦天他们几个听到枪声,立即朝亨特的方向跑去。突然,净水厂的院子里亮如白昼,几盏高挂在水塔上的探照灯亮了起来。院子里的人被暴露在强光之下,此时亨特才发现和自己交战的人竟然不是蓝狼军团的雇佣兵。

"见鬼!这里怎么还有别人。"亨特竟然暗自庆幸刚才自己那一枪没有打中,否则就会误杀无辜了。

那两个水塔旁的人继续朝亨特开枪,而且火力越来越猛,子弹有的落在亨特的身旁,有的贴着他的面颊飞过,吓得人心惊胆战。

秦天等人眼看就要冲到亨特的位置了,突然身后传来一声大喊:"站住,你们被包围了。"

这声音并不熟悉,绝对不是蓝狼军团中的某个人。

秦天回头看去，竟然发现有几十个人不知道突然从哪里冒了出来，而且都是全副武装。

詹姆斯不管这一套，他转身朝着喊话的人就是一枪。以詹姆斯的枪法，一枪要了这人的命绝对没问题。可是，他是第一次使用这种老式步枪，而且是没有经过校准的步枪，所以子弹的落点与他瞄准的位置竟然差了十几公分。结果非常有趣，子弹没有击中詹姆斯瞄准的人，而是击中了另外一个人。

"你们竟然敢袭警！给我开枪。"拿着高音喇叭的人大喊。

没搞错吧？秦天的脑袋嗡了一声，这群人怎么会是警察呢？没有时间给他多想，枪声已经响成一片，子弹密集地朝他们射来。

亨特正与水塔旁的两个人交战，突然听到身后的喊声和枪声，开始且战且退，想靠过去一看究竟。他先是看到了几十个身穿警服的人一字排开，手中的枪支不停地喷着火光。尔后，又看到了趴在石头和树木后面的战

友，他们因为不想误伤警察，所以并没有还击。

"秦天、詹姆斯，快撤！"亨特朝他们大喊。

秦天正处于思维混乱之中，今晚发生的事情令他匪夷所思。本来他们是来阻止蓝狼军团的，可是蓝狼军团却莫名其妙地消失了。紧接着，一群警察像从地缝里冒出来的一样神奇地出现了。如今，他们身陷困境——半夜持枪跑到净水厂，还与赶来的警察交战，就是跳进黄河也洗不清了。

第十二章

牢狱之灾

听到亨特的喊声,秦天和亚历山大准备撤退。可是,他们已经没有了退路,因为警察已经从不同的方向包抄过来。并非他们没有能力杀出一条血路,而是他们的枪口只能对准敌人,对于警察则不能随意开枪。

"快投降吧!你们跑不掉了。"拿着高音喇叭的警察大喊着。警察们正在缩小包围圈,将红狮军团的人困在一个不足百平米的小圈子里。

亨特见已经无法逃脱,便命令道:"咱们先把枪放下,然后再慢慢跟警察解释。"

大家不情愿地将枪扔在地上。就在枪刚刚落地的瞬间,警察呼啦一下子围上来,七手八脚地将他们铐住了。

"你们抓错人了,我们是来保护净水厂的。"亚历山大虽然被铐住了双手,但用力一晃便把按住他的那两个

警察甩到了几米开外。

"等回到警察局再说吧!"那个拿着高音喇叭的警察命令道,"把这些投毒犯押回去。"

警察们将他们押到了警车旁。秦天被推进了一辆警笛闪烁的警车里。他并没有反抗,而是一直在思考一个问题:蓝狼军团的那些家伙跑到哪儿去了?

蓝狼军团的人此时正在净水厂的墙外偷偷地发笑。他们已经坐进了那辆黑色的越野车,正准备离开这里。

布鲁克手握着方向盘,轻蔑地说:"跟我斗,他们还嫩了点儿。"

"这次行动我可是功劳最大的。"泰勒得意地说,"那个秦天的枪法你们是领教过的,要不是我够机灵,说不定真的被他干掉了。"

"我看你是被秦天吓破胆了吧?"雷特嘲笑道,"下次看我怎么教训秦天。"

"已经没有下次了。"布鲁克驾驶汽车已经驶入环城公路,"他们会在警察局里老老实实地待上几个月,说不

定还会被判刑。"

红狮军团的特种兵是蓝狼军团的心头大患,如今他们被关进了警察局,蓝狼军团便可以高枕无忧了。这次斗牛镇之行,蓝狼军团奉命要阻止八国峰会的召开,如果必要的话,他们还会刺杀大国的政要。

蓝狼军团是狡猾的,但如果没有人暗中帮助,他们也不会将红狮军团引诱到净水厂,然后将投毒的罪案嫁祸给他们。到底是谁在帮助蓝狼军团呢?

时间退回到这天的下午,斗牛镇的警察局里,一位高级警官正紧张地在办公室里来回踱步。他叫罗纳多,是斗牛镇警察局的局长。在奔牛节期间,罗纳多奉命负责整个活动期间的安保工作。罗纳多正在办公室值班,突然接到了一个匿名电话。电话中的人举报说,晚上会有人去净水厂投毒,而且这伙人带有武器。

这种事情,宁可信其有,不可信其无。罗纳多立即派出了斗牛镇警察局最精锐的特警分队。他们悄悄地隐藏在净水厂内,只等着投毒者自投罗网。特警分队的队长

叫马克，就是那个拿着高音喇叭喊话的人。马克是斗牛镇的风云人物，在这里没有人不知道他的名字。这是因为在斗牛镇只要有危险的地方，就会有马克的身影。

马克曾亲手狙杀了多名罪犯，将人质从枪口下救出。可是，今天执行任务的时候，马克却觉得有些奇怪。按常理来推断，这些在净水厂投毒的犯罪嫌疑人会全力抵抗，可是他们却没有这样做。当马克近距离观察这些被捕的人后，他更加不能理解了。马克发现这些人都是高手，如果开枪抵抗的话，他手下的这些特警一定会损失惨重。马克想，到底是什么让这些人放弃了抵抗呢？

警车已经开进警察局的大院，罗纳多看到从车上押下来"投毒者"，心里悬着的一块石头总算落地了。不久，马克敲响了局长办公室的门。

"进来！"罗纳多四平八稳地坐在办公桌后面的椅子上。

"报告局长，嫌疑人已经都被抓回来了。"马克汇报。

罗纳多抬头看着马克说："把他们都关起来。"

"局长,难道不需要马上审问吗?"马克有些不解。

罗纳多摇摇头:"先关起来再说。"

马克刚要再问,却看到罗纳多朝他摆了摆手,示意他离开办公室。满肚子疑问的马克离开局长办公室,走在警察局大楼的走廊里。他觉得最近局长所做的很多事情都有些反常。

按照罗纳多局长的吩咐,马克将红狮军团的特种兵们关进监牢。此时,在斗牛镇的一家旅店内,有两位女生正在焦急地等待着。夏雪已经给秦天打过无数个电话,但是都没有接通。她将这一切归罪于秦天的那个破手机。

劳拉也同样坐不住了。现在已是深夜,按照计划亨特他们应该回来了。可是,现在他们不仅不见踪影,而且连电话也打不通了。他们会不会中了蓝狼军团的圈套呢?劳拉真后悔自己没能跟战友们一起去战斗。

劳拉还不知道如果要不是她和夏雪已经换了一家旅店,此时她们也已经被关进警察局的监牢里了。就在净水厂发生战斗的时候,另一批警察突然造访了维多利亚

旅店，对他们曾经居住的房间进行了搜查。

结果令警察失望，屋里硬是没有留下任何可疑的东西。这是一件很奇怪的事情，因为在红狮军团还没有到达净水厂之前，这一系列的行动就已经策划好了。换句话说，警察局未卜先知，或者说早就想将红狮军团"绳之以法"了。

幸亏劳拉和夏雪已经转移到了一家不起眼的小旅店。在这里她们整整一夜没有闭眼，但仍然没有等到战友的归来。第二天一早，劳拉便下楼买了一份晨报，夏雪也打开电视收看早间新闻，希望从中看到昨晚有关净水厂的报道。

报纸和电视上没有任何有关净水厂的新闻。劳拉想，难道昨晚净水厂并没有发生战斗吗？如果净水厂发生了战斗，记者灵敏的鼻子不会闻不到的，除非这一消息被勒令封锁了。

"夏雪，你留在旅店里，我要出去一趟。"劳拉决定亲自去净水厂。

夏雪一把拉住劳拉的袖子："劳拉姐，我也要跟你一起去。"

劳拉犹豫了片刻，最终还是点了点头。她是担心把夏雪一个人留在旅店也不安全。一大早，斗牛镇的气温就有三十多度，炙热的柏油地面向外散发着热量。由于昨晚几乎没睡，夏雪有些头晕，无力地躲在劳拉的身后。

好不容易拦到一辆出租车，劳拉刚坐进去就急迫地说："去净水厂！"

"去那里做什么？"出租车司机驾驶汽车一边融入车流，一边说道，"昨晚在净水厂发生了枪战，你们两个女孩子最好别去那边了。"

"枪战！"夏雪一下子紧张起来，"有人受伤吗？"

司机摇摇头："这个不太清楚，只是听说有几个试图在净水厂投毒的坏人被特警队抓走了。"

"这些事情你是从哪里听说的？为什么报纸和电视新闻上都没有？"劳拉故作镇静地问。

"呵呵，在斗牛镇出租车司机就是最高效的新闻播放

器。"出租车司机自豪地说,"昨晚我们公司的一位出租司机经过那里的时候听到的,他第一时间就把这个消息告诉我了。"

"你知不知道昨晚被特警队抓走的是什么人?"劳拉问。

"这个我就不知道了。警察局封锁了消息,连记者的采访都不接受。"

怎么会这样呢?劳拉想,如果警察局抓获了投毒的犯罪分子,应该会大张旗鼓地接受采访,树立警察的良好形象才对,难道警察抓走的不是蓝狼军团的雇佣兵,而是红狮军团的人?

"你知道特警队的队长是谁吗?"劳拉问。

"当然知道。他叫马克,是我们斗牛镇的大英雄。"出租车司机赞不绝口,"每当市民有危险的时候,马克一定会出现。"

劳拉突然改变了主意,对出租车司机说:"我们不去净水厂了,改去特警队。"

出租车司机用怪异的目光看着劳拉:"你到底是什么人?难道跟昨晚在净水厂发生的事情有什么关系吗?"

"其实,我是一个记者。"劳拉的脑子很灵,立刻编出了一个理由,"谢谢你刚才提供的线索,虽然其他记者没能采访到特警队长,不过我有信心。"

出租车掉转方向朝特警中队驶去。到达特警中队后,劳拉付了车费和夏雪走下出租车。

第十三章

局长的秘密

一名持枪核弹的特警笔直地站在特警中队门口。劳拉犹豫片刻,最终决定走过去。夏雪有些害怕,躲在劳拉的后面小声地问:"劳拉姐,如果警察局已经抓走了秦天他们,咱们两个不是自投罗网吗?"

劳拉当然也担心,但她必须赌上一局,走到门前劳拉对特警说:"我想找你们特警队的队长。"

"对不起,您有预约吗?"负责站岗的特警说,"马克队长很忙。"

"我知道昨晚净水厂枪战的内情,想向马克队长报告。"说出这句话的时候,劳拉心脏跳得很厉害。

门岗果然反应强烈,他的手下意识地摸到了枪托上。"你稍等,我立刻向马克队长汇报。"

夏雪一直躲在劳拉的身后,虽然害怕得厉害,但一

心想救秦天，也顾不上自己的安危了。门岗汇报之后，很快一位精干的特警从院子里走了出来，他就是马克。

马克上下打量两位女生，无论如何没有想到会是两位女生想向他透露净水厂事件的内情。尤其是一副中学生模样的夏雪，立刻让马克放松了警惕。

"你们跟我进来吧！"马克朝她们两个一摆手。

在特警队的院子里，很多特警在进行训练，其中一些是昨晚参加净水厂战斗的人。刚刚进入马克的办公室，劳拉便将门紧紧地关闭了。马克紧张起来，还以为劳拉会有什么异常的举动，但他还是故作镇静地说："你们都知道什么，请说吧！"

"昨晚，你们是不是抓到了五个人？"没等劳拉说话，夏雪焦急地问。

马克点点头："他们都是到净水厂投毒的犯罪嫌疑人。"

"他们长什么样子？"夏雪追问。

马克将五个人的外貌描述了一番。

"你们抓错了，他们不是投毒犯，而是去阻止投毒的。"

"什么？你没开玩笑吧！"马克直勾勾地看着夏雪，好像眼睛里有两颗钉子。

劳拉将红狮军团与蓝狼军团之间的关系，以及红狮军团去净水厂阻止蓝狼军团投毒的事情，一五一十地讲给马克听。马克半信半疑，他明明记得昨天晚上在净水厂只看到了红狮军团的人，而且那个叫秦天的人手里还拿着一袋白色的粉末。马克已经将白色的粉末送到技术部门进行化验，结果证明那的确是一种剧毒物质。

"我知道你没有相信我的话，但我还是想告诉你，这一切应该都是策划好的，而且你们警方的人很可能和蓝狼军团有勾连。"当然这都是劳拉推测的。

"办案是要讲证据的，你这样说根本没有任何凭据。"马克说，"不过，你所说的事情我会进一步调查的。"

"还调查什么？这不是明摆着的吗？"夏雪激动地吼道。

马克笑了笑："小姑娘，法律只相信证据，个人的情感无法左右法律的程序。"

夏雪还要说什么,却见马克站起身来准备离开办公室了。他说:"我还有事情要做,你们把电话留给我,一有情况我就会给你们打电话的。"

劳拉将手机号码留给马克,拉着夏雪离开了特警中队。

夏雪拖着困倦的身体,不肯迈开步子,问:"劳拉姐,难道咱们就这样走了?秦天他们怎么办呀?"

"这个马克是敌是友一时难以判断,咱们先离开,再想想其他办法。"

"你能有什么办法?难道去劫狱不成?"夏雪快急疯了。

劳拉微微一笑,从口袋里掏出一块橡皮泥。夏雪看到橡皮泥上印有一个清晰的钥匙印。

"劳拉姐,这是什么?"夏雪不解地问。

"这是特警队长办公室的钥匙印,等会儿咱们就配一把钥匙出来。晚上,我会秘密潜入特警中队,看看能不能把秦天他们救出来。"

原来,劳拉一进入马克的房间,便看到了放在办公桌上的一串钥匙。她知道其中一把必定是办公室的钥匙,可哪一把才是呢?这难不倒劳拉,她进门的时候注意观察了门锁的口径,在这些钥匙中有两把钥匙符合要求。于是,她悄悄地将这两把钥匙的齿纹都印在了橡皮泥上。

在劳拉和夏雪走后,马克陷入了沉思。作为一名经验丰富的特警,马克的确觉得净水厂的那场战斗有些蹊跷。首先,他可以看出那几个被捕的人都是特种作战的高手,每个人的实力都在自己之上,昨晚如果要想杀出一条血路绝对不是问题。可是,他们并没有那样做;其次,这次任务是局长罗纳多直接派遣他去执行的,没有第二个人知道这件事情的始末;再次,人被抓回来之后,没有进行任何审问,而是就这样被关在了监牢里。

想到这里,马克有些坐不住了,他一定要弄个水落石出。要想弄清楚这件事情,只能去找警察局长,或者去审问被关在监牢里的人。局长特别交代过,没有他的命令任何人不能提审关在监牢里的那几个人,所以马克

只能去找局长问个清楚了。

　　局长的办公地点就在特警中队的隔壁。马克从特警中队的院子走出来，只需走几步便转进了警察局长的办公楼。值班的警察和马克都很熟悉，所以并没有人阻拦，他从楼梯走上了三楼。

　　三楼的中间便是局长办公室。楼道里很静，看不到一个人，所有的房门都紧紧地关着。马克本来急匆匆的脚步也因此而变得缓慢下来。走到局长办公室的门前，他刚要敲门，却听到屋里好像有人在说话。

　　马克觉得此时敲门不太礼貌，于是便站在门外等待。屋里说话的声音很小，好像是局长在和什么人通电话。局长的声音好怪异，虽然声音不大，但却充满了恐慌。马克的职业敏感告诉他，这其中定有隐情。于是，马克将耳朵贴到门缝旁，仔细地听。这要是在以前，他绝对不会做出这样的事情。可是，最近发生的一些事情，让他觉得局长好像有什么不可告人的秘密，所以他一定要弄清楚。

尽管马克已经把耳朵贴到了门上,但他还是听不清局长在说什么。不过,这难不倒马克,他从口袋里掏出了一个一元硬币大小的东西,将其吸在了门上。然后,马克将一个耳机塞进了耳朵里。这两件东西组成了一个窃听器。马克经常深入犯罪分子的老巢侦察情报,所以这套微型窃听器他一直随身携带。

"我不是说过了吗?你们不要着急行动,这样会暴露的。"马克的耳机里清晰地传来了罗纳多局长的声音。

马克绷紧了神经,窃听到的这句话,让他更加坚信局长一定有什么不可告人的秘密。

"是的,虽然我以前拿过你们的钱,但是我为你们做的事情已经够多了。我不想再受你们控制了。"

难道一直有人在控制着局长?马克越来越迷惑了。

"我知道如果没有你们给我的钱,我很难当上局长。但是,现在我真的不想再干了。你们不知道,已经有人开始怀疑我了,特别是那个马克。"

马克越听越兴奋,局长果然与犯罪分子有关联。

他想，局长竟然已经看出自己在怀疑他，看来自己要小心了。

"好吧！好吧！我再最后帮你们一次。不过，你们要想办法帮我除掉那个马克，他早晚会坏了我的大事。"

马克倒吸了一口凉气，他没想到局长下一个要除掉的人竟然是自己。现在回想起来，在过去的几年中斗牛镇曾经有好几位出色的警察死于非命，难道都是因为发现了局长的秘密而被暗杀的吗？

屋里的通话停止了，马克赶紧把吸在门上的窃听器拔了下来，蹑手蹑脚地向后倒退了几步，然后转身准备离开。

"马克队长，你在干什么？"

真没想到，马克刚刚转过身便迎头撞上一位女警察，她是警察局的新闻发言人。

"没……没什么，我本来要去见局长，可是现在突然有任务要去执行，所以——"马克解释道。

女警察用怀疑的目光看着马克。

"对了,千万不要跟局长说我来过这里,拜托了。"说完,马克急匆匆地向楼下走去。

女警察看着马克的背影消失在楼梯的拐弯处,站在原地好久没有离去。也许,她在想到底该不该把自己所看到的告诉给局长呢?

第十四章

深夜探秘

深夜,劳拉让夏雪独自待在旅店。钥匙已经配好了,她今晚就要去马克办公室看看可以查到什么资料。斗牛镇的大街上热闹的景象一如往日,不同的是街道上巡逻的警察多了起来,这是因为明天来自八国的政要们就要到达斗牛镇了。

白天劳拉已经对特警队附近的地形进行了侦察,并且选择好了进入特警队的路线。经过侦察,她发现特警队看似威严神秘,但其实除了大门口持枪而立的门岗以外,院子里就没有其他岗哨了。

在特警队围墙的外面有一棵古树,劳拉麻利地爬到树上,然后轻松地跳到了特警队的围墙上。围墙上粘着一些碎玻璃,劳拉提前做好了准备,在每只鞋底垫了一块钢板。

劳拉用鞋子踢掉了一片碎玻璃，然后双手扒住墙沿，身体沿着围墙垂了下去。此时，劳拉的脚距离地面不足一米，所以落地的时候几乎没有发出任何声音。

落地之后，劳拉先是观察了一下院子里的情况，见没有人发现自己之后便快速地朝办公楼走去。正门是不能走的，因为在正门的入口处还有一个值班的警察。这些情况劳拉在白天都已经摸清楚了。

劳拉直奔办公楼的后面，她要从厕所的窗户翻进去。白天离开的时候，劳拉以上厕所为由对这里进行了侦察，并将厕所的窗户从里面打开了。

到达预定位置以后，劳拉并没有急于从窗户爬进去，而是先察看厕所内是否有人。确定没人之后，劳拉双手抓住窗沿用力一撑，轻松地从窗户进入厕所。劳拉基本安全了，因为可以正常进入办公楼的人，都是经过允许的，不会有人再问。她大摇大摆地从厕所里走出来，轻车熟路地朝马克的办公室走去。

马克办公室的门是紧闭的，劳拉轻轻地敲了敲门，

里面没有人应答。在确定屋内无人后,劳拉取出钥匙。第一把钥匙插进锁孔之后,并不能拧动锁芯。劳拉有些紧张了,她担心这两把钥匙都不能打开这扇门。忐忑中,劳拉将第二把钥匙插进了锁孔。用力一拧,锁芯转动起来,劳拉这才松了一口气。

推开房门,劳拉看到马克办公室里的每一样东西都和白天来的时候一模一样。劳拉迫不及待地在马克的办公室里寻找起来,她最想知道队友们被关在哪里。如果能弄到监狱的钥匙就更好了,或者其他什么重大的发现。

文件柜上有一个密码锁,劳拉在白天就注意到了,所以已经做好了准备。她掏出了一盒化妆用的粉底,对准密码锁轻轻一吹,粉底就像铺在人脸上一样,在密码锁上铺了薄薄的一层。当粉底铺在密码锁上之后,劳拉已经基本猜出了锁的密码。

这种伎俩并不高明,因为在打开密码锁的时候,人总会重复地去按那几个被设成密码的数字,而人的皮肤会分泌油脂,久而久之这几个数字按键的表面就会沾上

一层油脂。

油脂对粉末状的物质具有很强的吸附能力,所以被设置成密码的那几个按键就会吸附更多的粉底。这一招果然见效,劳拉已经看到了四个数字按钮被格外地显示出来,它们是:3,5,6,8。

看来这种密码锁是四位密码,劳拉只需要将这四位数反复地尝试,用不了多久便能打开了。劳拉仔细地观察着这些数字按键,因为她还有更绝的招数。按照常理推算,每次第一个被按的数字按键会沾上最多的油脂,依次会逐渐递减。

劳拉先按下了6,然后按下了3,5和8两个数字按键上的粉底基本相同,很难分辨谁先谁后,所以需要碰运气了。于是,劳拉先按下了5,然后按下了8。结果,密码锁并没有打开。

劳拉很有信心地重新按下了数字按键,这次的顺序是:6、3、8、5。"嘀!"密码锁打开了。就这样,一道复杂的密码锁,被劳拉试了两次便解锁了。

  文件柜里的卷宗被装在不同的盒子里。劳拉打开一个个盒子，里面的确装有很多绝密的资料，但劳拉对这些并不感兴趣，她只想找到和这次净水厂战斗有关的资料。

  三层的文件柜，几十个资料盒，被劳拉翻了一个遍，但就是没有她想找的资料。劳拉并不灰心，她想也许这次行动刚刚执行完，还没有形成文字材料。

  说不定马克的电脑里会存储着自己想要找的东西，劳拉打开马克的电脑，黑色的屏幕跳出几串英文字母后，便出现了一个输入密码的对话框。要想破解电脑的密码可就难了，因为键盘上有那么多按键，除非提前在计算机中植入木马病毒，偷偷记录下马克每次输入的密码。

  显然，劳拉无法在马克的电脑中植入木马病毒，但这无法阻止她打开电脑。劳拉从腰包里取出一个小型的十字螺丝刀，麻利地将机箱盖打开。在计算机主板上有一块纽扣电池，只要将它取下来，电脑就会失去密码记忆。

  劳拉将纽扣电池取下，重新启动了电脑。这次果然很顺利，电脑在一分钟之内进入了Windows系统。要在

数不清的电脑资料中一个个地寻找自己想要的东西实在是太麻烦了,所以劳拉启动了系统的检索功能。

在检索对话框中,劳拉输入了"净水厂"三个字,然后点击搜索按钮,这样一来只要是包含"净水厂"三个字的文件都会被搜索出来。放大镜符号在屏幕上来回地晃动着,时间一分一秒地过去,电脑屏幕上还没有出现一个文件。

突然,放大镜停顿了一下,好像被什么文件卡住了。紧接着,它又继续晃动起来,此时屏幕上出现了一个Word文档。劳拉欣喜若狂,将鼠标移动到这个文件上,正准备双击文件,却在此时听到楼道里传来了脚步声。这声音越来越近,分明就是朝着马克的办公室走来的。劳拉的心已经提到了嗓子眼。

第十五章 暗枪响起

眼看着就要到手的文件,劳拉实在不想就这样放弃。她关闭了电脑的显示器,迅速躲到了文件柜的后面。很快,劳拉听到了门锁被转动的声音,然后房门被推开。

马克托着沉重的步子走进办公室,然后疲惫地坐在办公桌后的椅子上。今天,对于马克来说是一个天就要塌下来的日子。他不知道到底该相信谁,也许能够相信的只有自己。他将头仰在座椅的靠背上,思考着下一步该如何去做。马克想,也许我该揭发局长,可是仅凭自己的一面之词,谁又能相信呢?

"我要装作若无其事,然后悄悄地进行调查,找到局长的犯罪证据。"马克突然自言自语。

劳拉躲在文件柜后面,听到马克的话,被弄得一头雾水。她想,难道这个马克和警察局长之间有什么不可

告人的秘密吗?

"不,我还是先下手为强,否则万一那个女警察把今天的事情告诉局长,他肯定会对我下手的。"马克又是一阵自言自语。

劳拉心中暗喜,她没想到今晚会有意外的收获。看来马克和罗纳多局长真的有过节,而他们之中肯定有一个是坏人。那个坏人必定是和蓝狼军团勾结,陷害红狮军团的人。

马克在痛苦中挣扎着,他有自私的一面,担心如果斗不过警察局长,自己好不容易熬到的特警队长职务就会毁于一旦。

"也许,我该找局长摊牌,宣布自己加入他的团伙,这样就能保住自己的职位了。"马克不自觉地说出了这样的话。

劳拉听后,恨得牙根发痒,心想警察中有这样的败类,还有谁会真为人民的安危着想呢?

"不,我绝不能那样做。"马克立刻否定了一闪而过

的邪恶,"马克是谁?马克是斗牛镇人民心目中的英雄,我不能让市民失望。"

听了这句话,劳拉又想看来马克是有良知的,而那个局长才应该是坏人。我要想办法说服马克和我一起行动,将罗纳多绳之以法,救出自己的战友,阻止蓝狼军团的邪恶行动。

就在马克正在进行思想斗争的时候,一个人正在另一栋楼的窗户处窥视着马克的办公室。她的手里提着一个小提琴的箱子,而那里面实际上装的是一支狙击枪。这个人就是美佳。执行夜间暗杀任务,派她出马是最佳人选。

美佳打开箱子,将狙击枪的瞄准镜推上枪身,然后将枪架在窗户上。她要刺杀的人就在对面大约五百米的楼里,那个人正坐在办公桌后的一张椅子上,向后仰着头。这是一个绝佳的射击位置,美佳通过红外瞄准镜正好可以看到那个人的侧脸,所以她瞄准了那人太阳穴的位置。

劳拉正悄悄地注视着一筹莫展的马克。突然，她发现有一束红色的射线从玻璃窗透射过来。劳拉本能的第一反应告诉她，那是狙击枪的红外瞄准线。

"快闪开！"大叫的同时，劳拉从文件柜后一跃而出，一只脚踹到了马克的椅子上。

马克的椅子下面安装有滑轮，被劳拉猛地踹上了一脚之后，椅子在办公室转着圈滑起来。自己的办公室里竟然突然冒出一个人来，而且还不明不白地踹了自己的椅子一脚。马克随着椅子旋转，根本看不清劳拉的脸，他被惊得大叫："你是谁？"

话音还未落，一枚子弹击穿了玻璃窗，擦着马克的头颅飞过，射在对面墙上，将墙面击出一个弹坑。枪声将马克彻底惊醒，他从座椅上跳起来，瞬间趴在了地上。劳拉也快速地躲到墙角，使自己的身影从窗前消失。

对面楼上的美佳没想到这一枪会落空，她知道狙击手只有一次开枪的机会，如果在同一个地点再开第二枪，那么下一个被狙击的就会是她自己。于是，美佳麻利地

将狙击枪装进小提琴箱中,转身朝楼下走去。

在楼下,雷特正坐在一辆黑色的越野车里等待着美佳。见美佳从楼门口走出来,雷特立刻发动汽车。美佳快步走近汽车,拉开门坐了进去。

"搞定了吗?"雷特问。

"少废话,快开车!"美佳没有正面回答。

雷特从美佳的语气和表情中,已经判断出行动的结果。他讽刺地说:"布鲁克就是不相信我,如果派我去,肯定会要了马克的命。"

美佳恶狠狠地看了雷特一眼:"除了吹牛,我就没看到你做过一件出彩的事。"

"你胡说。"雷特反驳道,"第一场斗牛比赛那天晚上,难道不是我给那头牛注射了兴奋剂吗?"

"如果连一头牛都搞不定,也未免太蠢了吧!"美佳轻蔑地说。

雷特一肚子怨气,心想明明是美佳行动失败,怎么现在被数落的人却成了自己?

枪声惊动了特警队的值班特警。他冲向马克的办公室,一把推开了门,见到趴在地上的马克,紧张地问:"队长,你没事吧?"

马克惊魂未定,但却故作镇静地从地上爬起来,用手指梳理了一下头发,说道:"你看我像有事的样子吗?"

"没事就好。"值班特警知道马克是个死要面子的人。

"你快派人到对面的楼去追踪开枪的人。"马克命令。

"是!"

值班特警转身离开,然后楼道里响起了紧急的哨音,他带领特警出动了。

"劳拉,你该出来了吧?"将值班特警支走之后,马克转身面向躲在角落里的劳拉。

劳拉从角落里走出来,对马克说:"现在,你相信我白天和你说过的话了吧?"

马克点点头:"我不仅相信了你的话,而且还知道了是谁和蓝狼军团串通,策划了净水厂事件。"

"是谁?"

马克目光坚定地说:"就是我们的警察局长罗纳多。真没想到,他竟然和蓝狼军团是一伙的。"

刚才美佳那一枪彻底将马克打醒了。马克知道肯定是那个女警察把自己在门外偷听的事情告诉了罗纳多,所以罗纳多立刻派人来暗杀他了。

"罗纳多想杀人灭口,没那么容易。"马克一拳砸在办公桌上,"我要找出他犯罪的证据,将他送进监狱。"

"咱们一起合作,一定能把这些坏人绳之以法。"劳拉终于有了帮手,心里踏实多了。她现在最想做的事情就是将战友们从监狱里救出来,而这只能靠马克的帮助才能实现。

劳拉和马克商议着该如何揭穿罗纳多的身份,挫败蓝狼军团的阴谋。而此时,蓝狼军团正在策划一场暗杀行动。

第十六章

袭击政要

八国政要陆续来到斗牛镇，第一个到达斗牛镇的虽然不是八国中最重要的一位，但绝对举足轻重。非常意外的是，罗纳多竟然派马克去负责这位政要的安保任务。马克猜不透罗纳多的心思，也许他在极力掩饰自己的身份，假装还没有发现马克对自己的怀疑。

在没有充足证据之前，马克自然不会跟罗纳多摊牌。他要看看这只老狐狸还能耍出什么新花样来。

这位政要的专机将在上午十点钟到达机场，而马克则带着他的手下们，在天亮之前就做好了准备。马克猜测，如果这次安保行动出现纰漏，罗纳多会以此为借口撤掉他的职务，然后再一步步地将他置于死地。

十点钟，这位大国政要的专机准时落地。在一阵热烈的欢迎仪式之后，他坐进了黑色的高级轿车。在警车

的护送下,车队向这位政要下榻的宾馆驶去。马克和他的几位精干手下,骑着警用摩托车一路护卫着车队。

斗牛镇头一次来这么重要的人物,很多市民来到大街上看热闹。车队所经过的路线两侧围着或多或少的市民。他们伸着脖子想看清轿车里的人,但结果令他们失望,轿车的深色玻璃使外面的人无法看到里面。当然,想进行暗杀的人也就无法瞄准了。

车队向右转弯,驶进斗牛镇的迎宾大道。在转弯处的一座大厦上,布鲁克正观察着经过的车队。

"泰勒注意,车队马上就要到达你那里了。"布鲁克通过耳机说。

泰勒就在前面大约0.5公里处的另一座大厦上,他隐藏在大厦的楼顶,已经将狙击枪组装完毕,开始通过瞄准镜搜索目标。在瞄准镜中,几辆闪烁着警灯的警车呼啸而来。在这几辆警车的后面,是十几辆黑色的高级轿车。泰勒知道那位大国政要肯定不会坐在第一辆轿车里,但他却偏偏还是瞄准了这辆轿车。

泰勒开始计算影响射击的因素：车速每秒十米，风速可以忽略不计，四十五度俯角射击……

在将这些因素都考虑进去之后，泰勒将瞄准线向前推移了两个刻度。此时，打头的黑色轿车已经进入狙击范围。

"Action！"

泰勒轻轻地下达了行动的口令。只听"砰砰"两声枪响，另外一枪是布鲁克打响的。这是他们约好的狙击战术。

在枪声过后，第一辆轿车和最后一辆轿车都被迫停止了，因为它们的轮胎被子弹击中，爆胎了。

布鲁克和泰勒为什么没有开枪射击车里的人，反而去射击轮胎呢？理由很简单：第一，接送政要的汽车一般都是防弹汽车，普通子弹无法击穿它们；第二，即使子弹能击穿汽车，他们也无法确定政要坐在哪一辆车里，所以根本达不到暗杀的目的。

蓝狼军团雇佣兵的暗杀经验丰富，所以他们才会采取

这一战术,将车队逼停在大街上。受惊的政要也许会在保镖的掩护下从车里出来,这样他们就会有可乘之机了。

当然,泰勒和布鲁克不会再开第二枪,因为他们很有可能被发现了。所以,接下来的刺杀行动将由其他人来完成。此时,艾丽丝和凯瑟琳正混在道路两侧的人群中,她们将趁乱进行刺杀。

再来看街道上,一前一后两辆汽车中枪,整个车队被逼停在道路上。骑着摩托车负责护卫的马克立即掏出了手枪。从枪声传来的方向,他已经判断出了两名狙击手就藏在一前一后的两座大厦里。

"快封锁那两座大厦的出口。"马克命令。

待命的特警立刻按照各自的分工向两座大厦跑去。马克不敢离去,以他的经验判断,他知道那两名枪手只是诱饵,而真正的刺客就隐藏在附近。

"通知所有的人不要下车。"马克大声命令。

马克已经提前交代好了保护的战术——特警两人一组,将所有的轿车保护起来,但唯独有一辆轿车被十来

个特警团团围住。

艾丽丝和凯瑟琳藏在混乱的人群中，一直等待着那位政要从车上下来。可是，她们没有想到马克竟然派特警把车围了起来。

"看来咱们要使狠招了。"凯瑟琳小声地在艾丽丝耳边说。

艾丽丝的手揣在口袋里，紧紧地握着一把沙漠之鹰手枪。这种手枪被称为"袖珍炮"，可见其威力不小。她对凯瑟琳的话有些不解，于是问道："难道你知道那位政要坐在哪辆车里了？"

凯瑟琳对艾丽丝说："中间那辆车被十几个特警围着，所以政要肯定在那辆车里。你把特警引开，我负责去刺杀。"

艾丽丝点点头，从口袋里掏出沙漠之鹰手枪，朝那十几个特警连续开枪。枪声在人群中响起，这下子可炸了锅，人们四散奔逃，场面乱成了一片。

"快抓住刺客。"马克大喊一声。

好几名特警朝人群中跑去,他们已经看到了正在开枪的艾丽丝。艾丽丝见有特警朝自己冲来,便一边朝特警开枪,一边快速地撤退。

正当大家的注意力都集中在艾丽丝身上的时候,凯瑟琳突然挤出人群,快步冲到那辆轿车跟前。此时,负责守卫这辆汽车的几名特警大多去追击艾丽丝了。

"砰砰!"

凯瑟琳连续两枪将轿车旁边剩下的两名特警击倒。然后,她拉住车门用力向外拽。车门从里面锁住了,所以她拉不开。已经杀红了眼的凯瑟琳将枪口紧贴在车窗玻璃上,接连发射子弹。车窗玻璃被子弹击穿,碎裂的脉络从弹孔处向外发散而去,就像一张刚刚织好的蜘蛛网。

凯瑟琳刚要将手伸进车里将车门打开,此时车门却被狠狠地推开了。车门向外撞击的力量很大,凯瑟琳差点被撞倒。当凯瑟琳看到从车里走下来的人时,瞬间呆滞在原地,因为车里出来的人并不是她要刺杀的人。凯瑟琳的脑袋嗡了一声,知道自己中计了。

第十七章

智者的较量

　　那辆车里出来的是一名强壮的特警。凯瑟琳知道自己中计了，转身准备逃跑。马克怎么会让她跑了呢？这一切都是马克一手策划的。他要活捉凯瑟琳，从而掌握罗纳多犯罪的证据，将这些狼狈为奸的匪徒置于死地。

　　一双大手将凯瑟琳从背后抱紧，勒得她透不过气来。那名藏在车里的特警是马克精心挑选的，他不仅是特警队最强壮的人，而且身手敏捷。凯瑟琳想摆脱抱住自己的特警，但她毕竟是一名女生，力气绝对比不过这位特警。

　　不过，她的一条腿向上抬起，竟然将脚尖踢到了自己的脑后，简直比舞蹈演员的腿弯曲度还大。这一脚正踢在特警的头顶上，顿时令他眼前发黑，差点松开了手。幸亏马克手疾眼快，快步赶到凯瑟琳面前，一抖手铐将其双手铐住。

"你别反抗了!"马克冷冷地看着凯瑟琳,"不想当场毙命,就老老实实地跟我走。"

凯瑟琳见自己已经被好几个特警围住,知道就算自己长出翅膀,也难以逃脱了。不过,凯瑟琳并不害怕,因为她知道即使自己被抓,有一个人也会想办法将她救出去,那个人就是罗纳多。

"把她关进车里。"马克命令。

几名特警将凯瑟琳关进一辆警车里。凯瑟琳向窗外望去,想寻找艾丽丝的身影,不知道她是否逃脱了。大街上,受到惊吓的人群已经逃散而去,稀稀疏疏的人影中,凯瑟琳并没有找到艾丽丝的影子。

艾丽丝的确已经脱险,不过这要感谢雷特。可以说,艾丽丝的任务比凯瑟琳的还危险,因为她要先开枪将警察引开,也就是说她是一个诱饵。

诱饵意味着什么?诱饵意味着将被吃掉。不过,布鲁克进行了细致的谋划,他命令雷特在暗中接应艾丽丝。雷特朝追赶艾丽丝的警察开枪,将几名警察射伤,掩护

艾丽丝顺利躲进人群中，随着汹涌的人流涌出了这条大街。此时，雷特和艾丽丝已经会合，正驾驶着一辆黄色的跑车疾驰在斗牛镇的街道上。

艾丽丝之所以能够逃脱，也还有侥幸的成分。这是因为马克将绝大部分精力放在了这辆精心设计的汽车上。他要将刺客引过来，然后将其抓住。所以，凯瑟琳就成了牺牲品，而艾丽丝则成了幸运儿。

除了艾丽丝和凯瑟琳，还有两个人不能被遗忘，那就是从大厦顶部朝车队开枪的两个人——泰勒和布鲁克。当他们击中了两辆汽车的车轮后，马克立刻派人去封锁这两座大厦的出口。但是，这些警察并没有堵住泰勒和布鲁克，因为蓝狼军团事先已经研究好了逃生路线。完成射击任务后，他们既没有乘坐电梯下楼，也没有跑楼梯，更没有沿着绳索滑落，而是跑到楼顶的边缘，纵身跳了下去，这是因为他们都背着伞包。这两座大厦一座是三十五层，另一座是三十八层，所以泰勒和布鲁克有足够的时间将伞打开。

三十多层的大厦对于跳伞来说并不算高,最好在身体离开楼顶之后,立即打开降落伞,因为万一伞包打不开,还可以打开备用伞应急。可是,泰勒却没有这样做,他头朝下落去,透过风镜看着地面,这种急速坠落的感觉令他无比享受。不仅是享受急速坠落的乐趣,而且这样下降的速度会更快,能够在警察还没有围堵过来之前落地。

地面上的人头变得越来越大,在极限高度泰勒才拉动伞绳,只听头顶"嘭"的一声,降落伞弹开了。与此同时,他的身体像被一只大手向上猛地拉了一下,降落的速度明显慢了下来。

很快,泰勒双脚落地,迅速屈膝,一股强大的冲击力令他两腿发麻。泰勒解开降落伞,朝这座大厦后面的一条小街跑去。当警察来到这里的时候,他已经无影无踪了。

布鲁克落地的时间稍稍晚了一些,不过他跳伞的那座大厦距离街道更远一些,所以警察跑到那里需要更长

的时间。布鲁克有足够的时间逃脱，他同样朝着泰勒逃跑的方向奔去，因为在那里有一个人负责接应他们。

在两座大厦的后面不远处，有一条东西走向的小街。街边的一辆黑色越野车上，美佳正焦急地等待着他们。她先是从后视镜中看到了疾奔而来的泰勒，于是悬着的心落下了一半。

泰勒拉开车门，坐到了后排的座位上，问道："布鲁克还没回来吗？"

美佳摇摇头。不过，很快她便看到了布鲁克的身影。他从草地上斜插过来，直奔这辆黑色的越野车。布鲁克刚刚拉开车门，坐进半个身子，越野车便冲了出去。美佳知道在如此紧急的状况下，每一秒都是珍贵的，也许晚一秒他们就会成为阶下囚。

"不知道艾丽丝和凯瑟琳的行动成功了没有？"越野车刚刚驶出百米远，布鲁克便开始担心了。泰勒和美佳都没有作声，因为这二位也不知道该如何回答。

布鲁克按下对讲系统，开始呼叫："艾丽丝听到回答。"

艾丽丝正坐在雷特驾驶的黄色跑车上,当她听到布鲁克的呼叫后,立即应答:"收到,请讲!"

"行动是否成功?"布鲁克急迫地问。

艾丽丝如实回答:"我将警察引开后,便和雷特一起撤离了,凯瑟琳的行动是否成功,我也不清楚。"

布鲁克更着急了,他又开始呼叫:"凯瑟琳,听到请回答。"

对讲系统中没有声音传来,一种不祥的预感袭来,令布鲁克坐立不安。他再次呼叫:"凯瑟琳!凯瑟琳!"

这次有声音传来了,不过却是一个男人的声音:"凯瑟琳已经坐在我的警察局里了,你也逃不掉的。"

一身冷汗瞬间从布鲁克的毛孔中渗出,他立即朝美佳大喊:"快,再快些!"

美佳是个擅长逃跑的高手,她驾驶汽车穿越在小巷子里,这些地方不容易被警察注意到。一边逃跑,布鲁克一边呼叫雷特和艾丽丝,命令他们改变行驶路线,不再返回伊丽莎白酒店。布鲁克知道,一旦凯瑟琳被捕,

他们在伊丽莎白酒店的住处也必将暴露,所以必须转移到预备住所。

美佳驾驶汽车穿出了最后一条小巷,来到了城市边缘。她向右一打方向盘,进入一片玉米地之间的乡村土路。俗话说:狡兔三窟。蓝狼军团已经在郊区的一个小旅馆预订了房间,将那里作为预备住所,这次终于派上用场了。

第十八章

被胁迫的局长

回过头来再看斗牛镇的大街上,路人已经散去,只剩下了迎接大国政要的车队。那位大国政要其实就坐在第二辆黑色轿车里,当听到枪声之后,他立刻低头趴在膝盖上,被两位保镖夹在中间,就这样一直等到安全为止。

车队继续前进,马克骑着警用摩托车在车队前面开道。此时,他的心情大好,不由得露出了得意的笑。今天的行动能够成功,马克要感谢一个人,那就是劳拉。因为,这些好主意都是劳拉想出来的,马克只不过是个执行者而已。劳拉还特意向马克交代,如果抓到了蓝狼军团的雇佣兵,一定不要将其送进警察局的监牢,而是要关在特警队的禁闭室里,因为只有这样才能钓到大鱼。

现在,那辆警车正载着凯瑟琳向特警队开去。凯瑟琳紧紧地闭着双眼,她在盘算着自己的下场。在执行任

务之前，布鲁克曾经对凯瑟琳说，无论成功还是失败，她都会安全地回来，因为蓝狼军团控制着斗牛镇警局的最高官员。

凯瑟琳也正是深信了这一点，才会放心大胆地去执行刺杀任务。可是，现在她已经坐进了警车，布鲁克的话能相信吗？她开始在脑海里画上了一个大大的问号。

铁门被咣当一声关闭，禁闭室里漆黑一片，凯瑟琳戴着手铐，独自一人坐在冰冷的板凳上。在铁门外，两名特警持枪而立，就算蓝狼军团的雇佣兵变成了一只蚊子，也别想从他们的眼前飞过去。

此时，罗纳多正坐在警察局的局长办公室内。有人刺杀大国政要的消息早就传到了他这里，其实没有人向他汇报，他也会对这件事情了如指掌。他正在发愁，皱着的眉头足可以夹死一只苍蝇。罗纳多并不是因为发生刺杀事件而愁眉不展，他是因为凯瑟琳被捕而忧愁。

"布鲁克这个家伙真是太蠢了。这次我绝不能再帮他，否则将自身难保。"罗纳多自言自语。

罗纳多刚刚说完这句话,他的手机便响了起来。他掏出手机一看,立刻气愤地将手机直接挂断。电话瞬间又拨打过来,罗纳多想再次挂断电话,但他犹豫了。打来电话的是一个他不敢得罪的人——布鲁克。

罗纳多之所以能这么快升任到局长的职位,都是靠蓝狼军团的推波助澜。蓝狼军团曾经故意在斗牛镇制造了一些案件,然后让罗纳多顺利地侦破,为他制造政绩。这还不算,蓝狼军团还资助了罗纳多大笔的金钱,为他的仕途铺路。政绩显赫、"钱途无量"的罗纳多自然顺理成章地成了斗牛镇的警察局局长。为了回报蓝狼军团,他要不断地出卖情报给他们,成了一个不折不扣的卧底。

犹豫了片刻之后,罗纳多还是接通了布鲁克的电话,因为他知道蓝狼军团既然能把他送到这个职位上,也能轻松地把他拉下来,甚至送进监狱。

"你怎么才接电话?"电话刚刚接通,便传来了布鲁克的责备声。

别看罗纳多是一个堂堂的局长,在下属面前耀武扬

威，但在蓝狼军团面前却低三下四。罗纳多低声低气地撒谎说："刚才在开会。"

布鲁克开门见山："凯瑟琳被你的手下抓走了，你想办法把她弄出来。"

"你这是让我去送死，马克那小子已经把我识破了，只是苦于没有证据才没动手。"罗纳多激动地说。

"不管怎么说，他现在还是你的手下，所以你一定有办法。"布鲁克冷冷地说，"如果弄不出凯瑟琳，你的下场也不会好到哪儿去。"

"你……你这是在威胁我吗？"

"你说呢？"布鲁克反问。

罗纳多拿着电话的手在颤抖，而且越抖越厉害。如今，他在斗牛镇已经是一位呼风唤雨的人物，却还在受着一个毛头小子的威胁。他不想失去自己现在所拥有的一切，可又不知道该如何摆脱蓝狼军团，所以只能服从。

布鲁克先挂断电话，罗纳多的手机却放在耳边迟迟没有放下来。不在沉默中爆发，就在沉默中灭亡。罗纳

多猛地将手机摔在地上,粉身碎骨的手机断裂成数不清的碎片,像手榴弹爆炸一样在他的办公室里飞散开来。

夜长梦多,罗纳多决定现在就去特警队把凯瑟琳救出来。没多久,罗纳多便出现在特警队的院子里。罗纳多是这些特警的顶头上司,所以他可以在这里像螃蟹一样横着走,而无人敢拦阻他。

罗纳多快步走到特警队的禁闭室,看到两名特警持枪而立在门的左右。他的心脏跳得厉害,好像就要将胸腔冲破,直接跳出来一样。这两名特警见他们的顶头上司驾到,立刻立正敬礼,大声喊:"局长好!"

罗纳多见这两名特警对自己毕恭毕敬,又重新找回了自信,将双手背到身后,吐着官腔问道:"这里面是刚抓来的杀手吗?"

"报告局长,是的。"其中一名特警说。

罗纳多说:"我要进去审问,快把门打开。"

两名特警犹豫了一下,互相看着对方,有些为难的样子。

"怎么还不快打开?"罗纳多生气地问。

其中一名特警答道:"报告局长,马克队长说不许任何人进入,除了他。"

罗纳多勃然大怒:"我是局长,难道也不行吗?"

两名特警吓得缩了缩脖子,其中一名掏出钥匙说:"局长大人要亲自审问,我想队长不会怪罪的。"说着,他将钥匙插进锁孔里,向右一转,门锁打开了。

罗纳多迫不及待地推开铁门,走了进去。铁门被打开之后,没有窗户的禁闭室内顿时明亮起来。凯瑟琳看到一个人影从亮光中走了进来,那种奇妙的幻想就像救世主降临地狱一般。当人影完全踏入屋内时,凯瑟琳才看清这个人,心中不禁狂喜起来。

"罗纳多!"凯瑟琳难以抑制内心的喜悦,竟然喊出了这个人的名字。

罗纳多被吓出了一身冷汗,赶紧朝凯瑟琳做了一个手势,示意她不要说话。凯瑟琳也意识到了自己的冒失,坐在板凳上面无表情地看着罗纳多,假装并不认识这个人。

"嗯嗯！"罗纳多清了清嗓子，故意提高嗓门问，"你就是刚才被捕的杀手？"

"废话，要不我怎么会被关在这里。"

两个人一问一答，在禁闭室里演起了戏。可是，站在门外的两名特警却不知道其中的秘密，他们老老实实地站在两侧，双手紧握着挎在胸前的步枪。

凯瑟琳压低声音问："是布鲁克让你来救我的吗？"

罗纳多谨慎地点点头："你要听我的指挥，把戏演得逼真一些，不然我也会自身难保的。"

"你放心吧！"凯瑟琳微微一笑，"我中学的时候是学校话剧社的成员，绝对是演技派。"

罗纳多突然从腰间的手枪套里拔出手枪，顶在了凯瑟琳的脑袋上。凯瑟琳被吓傻了，心想罗纳多不是要救自己出去吗？为什么会拿枪指着自己呢？莫非他想杀人灭口，稳稳当当地做斗牛镇的警察局长。

"快说，是谁派你来刺杀大国政要的？"罗纳多提高声音问。

凯瑟琳不知道该如何回答。罗纳多小声地说："你趁机把我的手枪夺走，然后把我当作人质。"

凯瑟琳这才恍然大悟，原来罗纳多是想用这种老套的办法帮助自己逃脱。办法虽然老套了些，但是却非常管用，因为罗纳多毕竟是这些警察的顶头上司，所以劫持了罗纳多肯定没人敢开枪。

罗纳多又向前靠了一步，身体故意贴近凯瑟琳，同时大声问："快说，不然我开枪毙了你。"

站在门外的两名特警听到局长在屋里气势汹汹地审问，心想：局长今天是怎么了？竟然亲自来审问，而且像得了狂躁症一样。

其中一名特警禁不住向屋内看去，这一看他瞬间傻了眼。只见，凯瑟琳突然将头一偏，局长的枪口从她的太阳穴划过，一枚子弹被击发，射在了墙壁上。

第十九章

逃出特警队

"不好,犯人要反抗。"看到这一幕,特警大喊一声就要往屋里冲。

可是,一切都已经晚了。凯瑟琳戴着手铐的双手从罗纳多的头上套下去,紧紧地勒住了罗纳多的脖子。同时,一把抓住了罗纳多正在挥舞的手,将他的手枪夺了过来。

"不许动,不然我枪毙了你们的局长。"

两名特警不知所措,他们没有想到局长会这么差劲,竟然在一瞬间被铐着双手的犯人劫持了。这两名特警无论如何也不会想到,局长竟然和这名犯人是同党,这一切都是他故意所为。

"快闪开!"罗纳多朝那两名特警命令道。

两名特警倒退着走出屋子,但却还不肯让开道路。

他们想伺机而动,将局长从犯人的枪口下救出来。

"再不闪开,我真的开枪了。"凯瑟琳的眼中冒着凶光,食指向后触压扳机。

虽然罗纳多知道这是一场戏,但他还是被吓出了一身冷汗,不由自主地颤抖起来。枪的保险是打开的,谁敢保证它不会走火呢!罗纳多不像在演戏,他已经完全进入了恐惧状态,声嘶力竭地对特警吼道:"还不快闪开,难道想看到我丧命吗?"

被局长这样一吼,两名特警不得不向两侧闪开,让出了一条路来。凯瑟琳并没有急着离开,她蔑视地看着这两名特警,说:"把手铐的钥匙给我。"

两名特警迟疑着,而罗纳多则催促道:"快把钥匙给她呀!"

钥匙被特警扔到凯瑟琳的脚下,这是特警故意给她出的一道难题,想趁她弯腰捡钥匙的机会将其擒获。可是,没有想到凯瑟琳并没有弯腰去捡钥匙,而是脱掉了一只鞋子,用脚趾将钥匙夹了起来,然后向上抬起腿,

将钥匙送到了手中。凯瑟琳的柔术再一次派上了用场。

手铐被打开,凯瑟琳劫持罗纳多向特警队的院子里走去。在院子里停着一辆警车,正是罗纳多刚刚开来的那辆。凯瑟琳命令罗纳多坐到驾驶员的位置,而她则坐在副驾驶的位置用枪指着罗纳多的头。好几名特警围了上来,想阻止这辆车开出特警队的院子。

凯瑟琳抓起警车上的喊话器吼道:"全都让开,否则后果自负。"

"让开,都让开,谁也别追过来。"凯瑟琳将喊话器伸到罗纳多的嘴前,他也喊道。

警车发狂般地冲出特警队的院子。特警队的特警们大多跟随马克一起去执行安保任务了,留下来的几名老弱病残一下子手足无措起来。到底是追还是不追呢?他们没了主意。

"不能追,如果追上去局长的生命会有危险的。"一名老资格的警察说道。

其他人跟着顺坡下驴:"对对对,不能追,还是快向

队长报告吧!"

马克刚刚将大国政要护送到下榻的宾馆,就接到了报告。他急匆匆地骑着警用摩托车返回特警队。那两名负责看守凯瑟琳的特警不敢抬头看马克,生怕队长发火。

"犯人到底是怎么跑的?"马克问。

"她劫持了局长,我们不敢轻举妄动。"其中一名特警说。

马克走进禁闭室,在屋内仔细地巡视了一番,不但没有生气,脸上反而露出了得意的笑容。

"这只老狐狸终于露出尾巴了。"马克自言自语,弄得那两名特警一头雾水。

马克转身离开禁闭室,急匆匆地朝自己的办公室走去,他要把这个好消息告诉一个人。马克回到办公室马上拨通了劳拉的电话:"大鱼已经上钩,立即行动。"

"我已经知道了,正在跟踪他们。"电话里传来劳拉的声音,还有嘈杂的混合在一起的各种声音。

劳拉没有多说,便挂断了电话,因为她正在紧紧地

跟踪着一辆警车。这辆警车正是由罗纳多驾驶的，副驾驶的位置坐着凯瑟琳。

"已经离开特警队了，你的枪不必这样一直指着我的脑袋了吧？"罗纳多生怕子弹走火，要了他的命。

凯瑟琳将枪口从罗纳多的脑袋上移开，长长地出了一口气："你放心，我不会假戏真做的，枪的保险已经被我悄悄地关掉了。"

警车快速地行驶在斗牛镇的大街上，不久便转入了一条小路。劳拉驾驶着一辆租来的小轿车，不敢跟得太近。她看到小路的远处有一辆黑色的越野车停在路边，而这辆警车便是直奔那辆越野车而去的。警车开到越野车旁边后，便停了下来。凯瑟琳推开车门走下警车，然后迅速地打开越野车的车门，麻利地钻了进去。

劳拉将车停在后面百米远的距离上，静静地观察着这一幕。她心中暗喜，因为她知道这辆黑色的越野车一定是蓝狼军团派来的，而只要跟踪这辆车，便可以找到蓝狼军团的藏身之处了。

凯瑟琳离开后，罗纳多驾驶汽车继续向前开去。不久后，罗纳多完好无损地回到警察局，而且已经想好了为自己开脱的借口。他是局长，自然没有人怀疑他的话，更没有人去深究。

在罗纳多的警车驶离之后，那辆黑色的越野车随后也开动了。前来接应凯瑟琳的人是雷特，他撇着大嘴，蔑视地看着凯瑟琳，好像在说：你竟然被活捉了，还要让我来救你。

凯瑟琳从雷特的表情里看出了他的内心想法，但是她并没有说话。凯瑟琳始终认为雷特是个肤浅的家伙，所以犯不上跟他生气。雷特驾驶越野车向郊区开去，他已经在这条路上行驶过一次了，所以算得上轻车熟路。

在驶出斗牛镇之后，劳拉更不敢跟得太紧了，因为在偏僻的乡村小路上行驶的车辆并不多，前面的车很容易从后视镜中看到后面的车。到目前为止，雷特还没有发现有人在跟踪自己，他悠闲自在地吹着口哨，口臭的气味弥漫在车里，所以凯瑟琳一直用手捂着鼻子。

"你的鼻子被人打了吗?为什么一直捂着。"雷特不解地问。

"难道没有人跟你说过,你的嘴巴很臭吗?"凯瑟琳反问。

雷特点点头:"说过,如果算上你的话已经有四位了。"

凯瑟琳不解地问:"既然大家都说你口臭,那你为什么还不停地吹口哨呢?"

"我自己又闻不到。"雷特继续摇头晃脑地吹口哨。

凯瑟琳干脆用袖子把嘴和鼻子都捂起来,然后一头趴在汽车前面的操作台上。正是因为这一举动,造成了凯瑟琳也没有从后视镜中发现正在跟踪他们的汽车。

雷特驾驶越野车很快转入了那条玉米地之间的小路,前面的一个小村庄里的旅店便是他们的聚集地了。劳拉有些着急了,她不知道马克那边的行动怎么样了。按照计划,此时马克应该把红狮军团从监狱里救出来了。

第二十章 红狮出笼

马克正在紧锣密鼓地实施解救红狮军团的计划。其实,凯瑟琳是他故意放走的,目的就是让劳拉跟着她,然后找到蓝狼军团的藏身之处。而且这是个一箭双雕之计,因为马克现在也掌握了罗纳多犯罪的证据。

在特警队的禁闭室里,马克早就安放了一台监控仪。这台监控仪将罗纳多与凯瑟琳的一言一行都记录了下来。马克将拿到的证据通过网络传给了市长。

当市长看到这一视频资料时,目瞪口呆,简直不敢相信自己一手提拔的警察局长竟然和恐怖组织是一伙的。于是,他命令立即逮捕罗纳多,同时任命马克为警察局的代理局长。

马克当上代理局长的第一件事情就是放出红狮军团的特种兵。他亲自带领几名特警来到监狱。当马克出现

在红狮军团被关押的监牢门口时，亨特一眼便认出了他，因为马克就是那个亲手把他们抓进来的人。

亚历山大厌烦地看着马克说："愚蠢的家伙，你连谁是好人，谁是坏人都分不清。"

"谁说我分不清，我这次来就是放你们出去的。"马克说。

亚历山大简直不敢相信自己的耳朵："什么，你没开玩笑吧？"

马克掏出钥匙将监牢的门打开，笑着说："你看我像在开玩笑吗？"

这几个人迷惑地看着马克，竟然没有一个人往监牢外走。秦天想，把我们抓进来的是这个人，要放我们出去的也是这个人，莫非其中有什么圈套？

"别耽误时间了，快走！"马克催促道，"劳拉正在跟踪蓝狼军团的雇佣兵，她需要你们的帮助，事不宜迟。"

一听到劳拉的名字，秦天便猜出了个大概。他带头走出监牢，看到门外有马克为他们准备的新武器。

"有了新装备,对付蓝狼军团就轻松多了。"詹姆斯抄起一支新式步枪背在肩上。

"这些武器都是我从特警队带来,暂时借给你们使用的。"马克说,"记住,用完一定要还。"

"真小气,不就是几把破枪吗!"亚历山大找了半天发现没有自己最擅长使用的SVD狙击枪,也没有野牛冲锋枪,只好拿起一支警用突击步枪。

全副武装的红狮军团来到院子里,正好看到迎面而来的罗纳多。

"你们怎么跑出来了?"罗纳多还被蒙在鼓里,不知道自己已经败露。

"你就要问他了。"亨特用手指了指身后的马克。

罗纳多的目光落到马克的身上,一种不祥的预感瞬间席卷全身。他突然说:"我还有一件紧急的事情要处理,先走一步了。"说完,他转身想离开警察局的大院。

"罗纳多,你已经逃不掉了。"马克一声大喊,瞬时间不知道从哪儿冒出来几个特警拦在了罗纳多面前。

"闪开,你们连局长都敢拦!"罗纳多在做最后的挣扎。

"你已经不是我们的局长了,新局长就在你身后。"其中一名特警说。

罗纳多眼前一黑,知道自己已经败露。他的手悄悄地伸进口袋,里面装着一把手枪。

作为一名深藏不露的老狐狸,罗纳多几乎能够完美地控制自己的表情,所以别人很难从他的脸上看到内心世界的变化。尽管知道自己已经败露,但罗纳多的脸上只在闪过了一丝阴霾之后,便露出了笑容。

"别跟我开玩笑了,我的局长职务可是市长任命的,即使要免我的职,也该让我先知道吧!"说话时,罗纳多的手已经握紧了口袋里的手枪。他在伺机寻找逃跑的机会。

挡在罗纳多正面的特警冷冷地说:"你就别再装了,真没想到我们一直服从的局长竟然是个不法之徒。"

罗纳多听到此话,恨得紧咬槽牙,他为之奋斗的仕

途竟然毁于一旦，怎能不让他发狂。面前的特警已经掏出手铐，准备将罗纳多擒住。罗纳多不能再等了，他的手指悄悄地扣动了扳机。

"砰！"

一声枪响，子弹从罗纳多的口袋里射出，只差一点点便击中了他面前的特警。不是这名特警走运，也不是罗纳多的枪法太差，而是有一个人在危急时刻"出脚相救"，才使这枚子弹射偏了。

秦天具有敏锐的洞察力，他发现罗纳多表面冷静，但内心却早已狂躁不安，放在口袋里的手还握成了拳头状。他想，罗纳多的口袋里肯定藏着一把枪。想到这里，秦天悄悄地向前靠了几步，来到了罗纳多的身后。当特警拿出手铐准备铐住罗纳多的时候，秦天发现罗纳多放在口袋里的手微微动了一下。

关键时刻，秦天飞起一脚将罗纳多踹倒在地。罗纳多已经扣动了扳机，由于身体正在向下倒去，枪口的角度随之发生变化，所以子弹射到了特警脚边的地上。

特警被突如其来的枪声吓得向后跳了一步，此时罗纳多正好成狗啃泥状跌倒在他的面前。秦天不给罗纳多喘息的机会，腾起身体，膝盖在空中弯曲，砸到了他的后背上。秦天的膝盖力道十足，再加上落下来的冲击力，顿时将罗纳多砸得伸脖子瞪眼，就像一只乌龟刚刚被人用力将脑袋从龟壳里挤出来。刚才那个差点被子弹射中的特警缓过神来，急忙抖开手铐，将罗纳多的双手反锁到了背后。

"害人终害己，你也有今天。"马克走到已经从地上爬起来的罗纳多的面前，紧紧地盯着他的眼睛，大声命令："把他关进监狱里去。"

罗纳多摇着头对马克说："我真后悔没有早点把你除掉。"

看着罗纳多被特警押着向前走去，背影越来越模糊，马克惋惜地说："他本来是个很有能力的警察，只可惜误入歧途，都是贪念害了他。"

詹姆斯有些沉不住气了，催促道："别在这里耽误时

间了。"

马克指着停在院子里的一辆越野车说:"这辆车是给你们准备的。"

朱莉看到在副驾驶的位置放着一台小型电台,估计通信距离在十公里到二十公里之间。她坐上车,打开电台,迅速锁定到红狮军团经常使用的通信频率。

"劳拉在等你们,希望这次战斗能彻底将蓝狼军团赶出斗牛镇。"马克关上了车门。

第二十一章

齐聚牛角村

亨特一边嚼着口香糖,一边启动了越野车。朱莉则开始与劳拉进行联系。越野车像野兽一般冲出特警队的院子。亨特一会儿突然加速,一会儿猛踩刹车,大家的身体一会儿向前撞去,一会儿则向后仰去,头顶还不时地撞击车顶。

"劳拉,劳拉,听到请回答。"朱莉不停地呼叫着。

劳拉的汽车正停在一个小村落的村口,她躲在汽车里观察着村中央的一座房子,蓝狼军团的雇佣兵就隐藏在那里。

"我是劳拉,终于等到你们的呼叫了。"劳拉拿起话筒,声音中充满了兴奋。

"你在哪儿?"朱莉问。

劳拉抬头看了看这个小村庄十字路口的牌子,回

答:"我在斗牛镇西郊一个叫'牛角村'的小村落,蓝狼军团就藏在这里。"

听到劳拉的回答,大家都很兴奋。他们摩拳擦掌,准备与蓝狼军团大战一场。朱莉刚要再问一个问题,突然一只手从背后伸过来抢走了话筒。朱莉回头一看,那个人是竟然是秦天。

"夏雪怎么样了?你把她安顿在哪儿了?她一个人留在那里会不会有危险?"秦天焦急地问了一连串的问题。

"喂!用不着那么紧张吧?"詹姆斯拍着秦天的肩膀说。

秦天斜了詹姆斯一眼:"夏雪手无寸铁,又是一个女生,万一出了意外,我怎么向她的父亲交代。"

在电台的那头,劳拉手握话筒,心里泛起了一丝酸意:"放心吧,夏雪很安全。"

劳拉的声音总能让秦天获得一种说不出的安全感。"谢谢你替我照顾夏雪。"秦天客套地说。

"行了,别啰唆。"朱莉抢回话筒,"劳拉,你先别行动,我们马上就到。"

"明白!"

亨特把越野车开得更快了。很快,前面出现了一片玉米地,玉米秆已经长到了一人多高,车开进玉米地之间的一条小土路上。从玉米地间的小路出来之后,亨特便看到了那个名叫"牛角村"的小村落。这个村子以加工牛角制品而闻名,村口处竖立着一个大大的牛角标志,锋利的角尖耸入天空,令人望而生畏。

劳拉的汽车就停在这个牛角标志的后面,她已经从后视镜中看到了正向她驶来的越野车。劳拉还没看清车里坐的是什么人,便看到了一个不停吧唧的嘴巴。除了亨特,还会有谁无时无刻地嚼着口香糖呢!

"朱莉,我就在你们前面这辆黑色的轿车里。"劳拉赶紧通知他们。

亨特将越野车停在劳拉那辆汽车的后面。劳拉从车里下来,坐进了后面的越野车里。见到这些刚刚从牢狱中出来的战友,劳拉分外激动:"你们还都好吧?"她逐一打量着战友。

亚历山大拍拍胸脯："你一看我这样子，就会知道我好得很。"

劳拉笑了笑，朝着亚历山大的胸口就是一拳。"没错，还和以前一样结实。"

亨特转入了正题："那些可恶的家伙藏在什么位置？"

劳拉指着村中央的一座房子说："他们就在那里。"

亚历山大提起步枪就要推开车门，却被秦天一把拽住了。"你拦我干什么？如果不快点儿动手，他们又跑了。"

"你看，今天是集市。街道上的人很多，如果我们现在动手肯定会伤及无辜。"

亚历山大这才注意到村子中间的路上有很多人，而路两边则摆满了各式各样的小摊位。

"那你说该怎么办？"亚历山大看着秦天。

"我先去侦察一下情况，等集市上的人散去后再动手。"说完，秦天将枪放在车里，推开车门，准备向集市上走去。

"我跟你一起去。"劳拉紧跟在秦天的后面。

秦天回头看着劳拉的眼睛,点了点头。他们两个在一起合作一向默契,绝对是最佳拍档。

这是一个牛角制品的交易市场,每周的一、三、五是交易日。村里制作牛角制品的小作坊会把他们的产品摆到市场上来交易。当然,在集市上除了牛角制品,还有一些经营生活用品和其他商品的小摊贩。

秦天和劳拉融入人流中,亨特很快便看不到他们了。集市上的很多牛角制品引起了劳拉的兴趣,她拉了拉秦天的胳膊,小声说:"你看那个牛角梳子多漂亮。"

劳拉拉着秦天走到了那个卖牛角梳的摊位上,随手拿起一把做工精美的牛角梳,朝自己的头上梳去。牛角梳从发间滑过,劳拉金色的头发在阳光下闪着温柔的光。秦天的目光停留在劳拉的金色长发上,不由自主地伸手要去摸。

"这个梳子漂亮吗?"劳拉歪头看着秦天。

秦天赶紧把手缩了回来,脸色微红地说:"漂亮,漂亮!我要买一把送给夏雪。"秦天也不知道自己怎么会突

然想起了夏雪。

劳拉突然脸色一变:"难道只给夏雪买吗?"

秦天顿时尴尬无比,嘴变得更加笨了,磕磕巴巴地辩解道:"也给你和朱莉各买一把。"

"哼!"劳拉不快地放下梳子,继续朝前走去。

秦天不知道自己哪句话说错了,无辜地站在摊位前发愣。

"喂,你还买不买?"卖牛角梳的老板问道。

"买!"秦天从摊位上抓起三把梳子,问道:"一共多少钱?"

"五十元一把,三把一百五。"

秦天在口袋里翻找,发现袋里空空如也,这才想起了自己是刚刚从监狱里放出来的,身上哪会有钱呢!秦天手里抓着三把牛角梳子,朝劳拉喊道:"劳拉,你能不能借我一百五十块钱?"

劳拉已经走出几米远,听到秦天的喊声猛地回过头,怒视着秦天说道:"拿去!"说话间,两张百元大钞已经

从劳拉的手中飞出。

秦天一把抓住这两张大钞,将钱递交到老板的手中。拿到找零后,秦天将三把牛角梳装进口袋里,快步追到了劳拉的身边。

"你怎么生气了?"秦天不解地问。

劳拉低着头快步向前走:"我没生气。"

秦天真是搞不懂,劳拉明明是生气了,可她为什么不承认呢?他不再追问,只是快步走在劳拉的身边。很快,他们便来到了村子中央的那座房子前。

这是一座临街的房子,门前也有几个卖牛角制品的小摊位。三三两两的人围在摊位前讨价还价,秦天和劳拉混入其间。房子被高高的围墙圈在里面,木制的大门紧紧地关闭着。劳拉靠近木门,从缝隙中向院子里看去。她看到一辆黑色的越野车停在院子里,这辆车她再熟悉不过了。

秦天悄悄地向院子的后面转去,发现在房屋后墙大约两米高的位置有一扇窗户。由于正值夏季,那扇窗户向内

打开着,这给秦天带来了可乘之机。他站到窗下,身体向下微蹲,然后猛地向上跳起,两只手扒住了窗户框。

在扒住了窗户框之后,秦天的双臂用力将身体向上一拉,这个动作被称为"引体向上",是特种兵体能训练的基本项目之一。引体向上的动作将秦天头拉到了窗户的位置,使他可以清晰地看到屋内的情况。

秦天看到一个女生背对着自己坐在客厅的沙发上,正在用一把牛角梳子梳理着自己乌黑的头发。秦天的脑海中立刻出现了一个人的名字——艾丽丝。

艾丽丝的身边放着一支步枪。枪身上并没有弹匣,因为弹夹被摆在地上。旁边还放着一个铁盒子,里面装满了子弹。秦天一看便知,蓝狼军团正在往弹匣里压子弹,也许不久他们要进行一场邪恶的行动。

有脚步声从楼上传来,先是一双陆战靴进入了秦天的视线,紧跟着是两条粗壮的腿,小腿滚圆的肌肉被裤子紧裹着,好像随时都会被撑开一样。秦天心想:这个人是谁?竟然有如此结实的肌肉。

雷特从楼梯上走了下来,来到艾丽丝的面前,正好面对着秦天的方向。秦天怕被他发现,感觉把头向下缩了缩。

"你别再捣鼓那把破梳子,再怎么梳也不会梳出七彩的头发来。"雷特蹲下身子帮艾丽丝压子弹。

艾丽丝并不领情:"你就是瞎着急,现在才几点钟,离晚上的行动还早着呢!"

"我真是搞不懂,你们这些女生为什么无时无刻不在注意自己的形象。"雷特已经压满了一个弹匣的子弹。他拿起第二个弹匣,继续往里面压子弹。

艾丽丝终于放下了那把梳子,将压满子弹的弹匣一个个塞进披在身上的口袋里。艾丽丝的外貌具有极强的迷惑性,她看上去像个可爱的邻家女孩,但实际上却是一个冷血杀手。

秦天松开双手,轻轻地落到地上。他已经基本摸清了这座房子的结构。这座房子由上下两层构成,下面一层是客厅和厨房,上面一层是几间卧室。除了艾丽丝和

雷特在客厅,估计其他几个人都在楼上的卧室里休息。

要想进出这栋房子只有一条通道,那就是院子前的正门。当然,还可以从围墙跳进或跳出。至于房子后墙上的这扇窗户,人很难通过,因为它非常窄,而且装了防护栏。

秦天转到房子的前面,看到劳拉仍然混在集市的人群中,从正面监视着这座房子。他把劳拉拉到一旁小声地说:"我已经摸清楚了房子的结构,等集市散去后咱们就可以行动了。"

劳拉显然已经把秦天买牛角梳的事情忘得一干二净了。她拉着秦天的手进入这座房子对面的一家小饭店,饶有兴趣地说:"咱们俩先尝尝牛角村的小吃,静静地等待着散集的时刻。"

秦天的肚子不争气地"咕噜"一声,说实话他真的饿了。在监狱里,他们一天三餐都吃不饱,而从监狱里出来以后就直接来到了这里,这下正好趁机填饱肚子。

第二十二章

村屋激战

一过晌午,集市上的人便开始逐渐散去了。秦天和劳拉各吃了一大碗牛角村特色的牛肉面。劳拉还打了包带回到车里给其他人。

当集市上的小摊主们都收拾好了货物,或开着面包车,或驾驶着三轮摩托车离开街道以后,红狮军团的那辆越野车停到了蓝狼军团隐藏处对面的马路上。

秦天开始向大家介绍情况:"这座房子有两层,屋后有一个窗户,但人不能通过,所以蓝狼军团要想突围必须从正门,或者从两侧的院墙翻出。"秦天一边说,一边在纸上画出了一张房屋的示意图。

亨特打开车窗,将口香糖狠狠地吐在了地上,这是他准备行动前的习惯性动作。

亨特开始进行分工:"亚历山大你转到房后,从后窗

进行袭击；秦天和劳拉负责从围墙左侧发起袭击；我和朱莉负责从围墙右侧发起进攻；詹姆斯，你守住前面，千万不能让他们跑出去。"

詹姆斯拍着胸脯："你就放心吧，至今为止连一只苍蝇都没有从我的枪口下逃生过，更何况几个五大三粗的人了。"

"好，开始行动。"亨特推开车门，带头走了下去。

朱莉紧跟在亨特的身后，两个人向围墙的右侧走去。其他人按照计划，各自奔向自己的战斗位置。打响第一枪至关重要，所以亨特命令所有人在没有把握的情况下，不要急于开第一枪。

秦天和劳拉已经来到围墙的左侧。秦天蹲在地上，劳拉一脚踏在秦天的肩膀上，随着秦天的身体向上站起，劳拉轻松地翻上围墙。劳拉回头，将手伸出。秦天抓住劳拉的手，两脚蹬墙，也翻上了围墙。当他们爬上墙头的时候，才发现这座屋子的玻璃竟然是单向透明的，也就是屋里的人可以清晰地看到外面，而外面的人却看不

到屋里。这可是秦天和劳拉没有意料到的，两个人举棋不定，不知道是否该跳进院子。

对面墙上的亨特和朱莉也正在犹豫着，同时埋怨秦天和劳拉没有把这一情况侦察清楚，弄得大家措手不及。

事不宜迟，如果他们在墙上耽搁的时间过久，就会被屋内的蓝狼军团发现。所以，亨特朝秦天做了一个手势，示意先跳落到院子里，再发起攻击。

劳拉和秦天双手扒住墙沿，整个身体垂落下去，脚尖距离地面三四十公分的距离。劳拉先落地，她的重量轻，落地的声音也小。落地之后，劳拉在下面拖住了秦天的身体，这样秦天落地的时候几乎没有声音。

对面的亨特和朱莉也已经落入了院子里，正在向窗户下运动。

"砰！"

正当秦天和劳拉向窗户靠近的时候，突然一声枪声响起。紧跟着，屋里传来一声大喊："有人偷袭，快隐蔽！"

"是谁开的枪？"亨特刚刚问完这句话，自己就找到

了答案,因为枪声是从屋后传来的。

亚历山大本不想开这一枪,可是枪偏偏走火了。原来,亚历山大来到屋后,见窗户太高,而自己无法将枪管伸进去,就在附近找了一根粗木桩斜撑在墙上。然后,亚历山大站到了木桩上。

这个高度刚刚好,通过窗户亚历山大看到客厅的沙发上坐着一个人。

这个人是雷特。雷特正在看电视,而且音量调得很大,所以根本听不到屋外的动静。亚历山大暗喜,准备把枪伸进窗户里,从背后朝雷特开一枪。

想到这里,亚历山大难以控制内心的喜悦,悄悄地将枪管伸了进去。闭上一只眼,他通过准星瞄准雷特。眼看就要消灭这个恶贯满盈、无恶不作的坏蛋了,亚历山大突然觉得脚下开始晃动起来。他用力踩住木桩,想站稳一些,却没想到整个身体像垮塌的豆腐渣大楼,一下子倒了下去。

此时,亚历山大的手指已经扣到了扳机上,所以在

倒下的时候误触了扳机。至于子弹打到了哪里，他也无从知晓。子弹并没有射中雷特，而是随着枪口的上翘，射到了天花板上。

子弹击中天花板，将正在看电视的雷特吓了一跳。他在蓝狼军团中是速度最快的一位，只见他迅速滚落到沙发下，同时大喊一声："有人偷袭！"

其实，不用雷特大呼小叫，楼上卧室里的其他人也都知道有人来偷袭了。枪声过后，他们纷纷抄起武器，身体紧贴着卧室的墙壁静静地观察着接下来会发生什么。有经验的特种兵绝对不会在听到枪声之后第一个冲出去，因为那样做无疑会成为第一个挨枪子的出头鸟。

布鲁克悄悄地靠近窗户，透过玻璃窗向院子里看去。院子里空荡荡的，除了他们那辆黑色的越野车，看不到任何可疑的东西。

此时，秦天等人正紧紧贴着墙根趴在地上，在这种单向透明的窗户前，他们无疑是吃亏的。

秦天抬头向亨特望去，结果看到亨特也在看着自己。

两个人的目光交汇，心照不宣地点点头。然后秦天对劳拉小声地说:"我破门而入，你掩护。"

亨特对朱莉说了同样的话。秦天和亨特几乎同时起身从两侧向屋门冲去。来到屋门前，两个人同时抬起右脚猛地踹去。"咣当"一声，门被踹开了。秦天和亨特并没有冲过去，而是只将枪口伸进去，毫无目的地开了几枪。这样做的目的是打草惊蛇，希望能用火力将屋内的人压制住，然后趁机冲进屋里。在一阵强猛的射击之后，秦天和亨特感到非常奇怪，因为屋里除了子弹击中物体后发出的声音，并没有听到有人运动或者躲避的动静，更没有人进行还击。

对于一场进攻战斗来说，这种情况是最可怕的，因为防御的一方隐藏得太深了。对于暗处的敌人，要想击败他，唯一的办法就是把他引出来。秦天和亨特互相对视了一眼，快速地将空弹匣卸下，将一个压满子弹的弹夹装了上去。

秦天知道下面将是一场冒险的战斗，而自己愿意去

做这个冒险者。

他对亨特说:"你掩护我。"话音一落,秦天就闪进了门内。

亨特探出半个身子,也不管看没看到敌人便扣动扳机。这样做的目的是把敌人的注意力吸引到自己这里来,以此来掩护秦天。

秦天一个翻滚,躲到了客厅内的一个大瓷瓶的后面。他警惕地探出头寻找敌人。客厅内没有一个人,他的目光停留在通向二楼的楼梯上。他想,敌人一定都藏在二楼。

亨特对朱莉和劳拉说:"快跟我一起冲进去。"

三个人持枪冲进客厅,此时秦天已经迈上了楼梯。他们四个人相互掩护,小心翼翼地向二楼走去。

在院子外,詹姆斯已经按捺不住了。根据命令,他负责堵住大门,防止蓝狼军团从那里逃出去。大门从里面锁着,詹姆斯纵身一跃,抓住了大门的顶端,很快便翻到大门上。詹姆斯翻上院门,正好看到逃走的蓝狼军团雇佣兵。

决战奔牛节
JUEZHAN BENNIUJIE

蓝狼军团果然狡猾善战，他们并没有从正面逃走，而是爬上了楼顶，准备从楼顶跳到楼后去。詹姆斯翻到大门上，正好能够看到楼顶的敌人，于是举枪朝楼顶射去。

这一枪打得太仓促，子弹贴着泰勒的身体飞过。泰勒回头看到了正跨在大门上的詹姆斯，愤怒的子弹随之射向了詹姆斯。詹姆斯一头向下栽去，子弹是躲过了，但是脸却狠狠地拍在了地上，鼻血顿时流了出来。

第二十三章

追击蓝狼

屋内的红狮军团特种兵并不知道外面发生的事情。他们已经进入二楼，开始逐个房间搜查。每一间卧室的门都关闭着，秦天一脚将最靠近楼梯的卧室门踹开，然后迅速躲到了门外的一侧，紧贴着墙壁。屋内并没有动静，秦天先是将枪口伸进屋里，然后慢慢地向前移动了一步，半个身体出现在门口。

屋里一片狼藉，没有人，地板上丢弃着用来装子弹的空铁盒。其他几间卧室也都被打开，同样看到的只有零乱的杂物，而不见一个人。

"这里有一个通向楼顶的通道。"朱莉突然大喊。

当秦天朝朱莉的方向看去时，朱莉已经开始向楼顶攀爬了。原来，在楼道的尽头有一个梯子，而楼顶则开有一个四方形的洞口，顺着梯子便可以从这个洞口爬到

楼顶上去。

秦天快速地冲到梯子旁,双手抓住梯子准备往上爬,而此时朱莉的头已经伸出洞口。朱莉看到一个人的背影,从外形来看这个人应该是美佳。

洞口很小,只能容一个人小心翼翼地爬出去。朱莉的手还在洞口下面,所以一时间难以把枪拿上来,而此时美佳则像飘在空中的一只黑鸟,突然拍打着"翅膀"跃身飞走了。

美佳身轻如燕,纵身跳到了距离屋顶不远的一棵大树上,然后像个猴子一样顺着大树向下滑落。当朱莉爬上楼顶,端起枪想要瞄准的时候,美佳的背影在树丛中晃了几下便消失了。

"亚历山大这个臭小子跑哪儿去了?"冲上楼顶的亨特大吼。

按照计划,亚历山大应该在楼后阻击蓝狼军团的,可是现在蓝狼军团已经跳到楼后逃跑了,却见不到亚历山大的影子。

朱莉见美佳向屋后的小树林跑去，便纵身从楼顶跳了下去。她双脚同时落地，膝盖向前弯曲，顺势向前滚翻。这一系列的动作是为了缓解从高处下落的冲击力。

秦天和劳拉随后也跳了下去，紧跟在朱莉的后面，向小树林里追去。亨特还在不死心地大喊："亚历山大！亚历山大！"

"我来也！"突然一声大喊在亨特的背后响起，把他吓了一跳。

"我不是让你在屋后守着吗？你怎么又跑到前面去了？"看着钻到楼顶上的亚历山大，亨特的眼中冒着熊熊的火苗。

詹姆斯随后也钻上楼顶，他用力推了亚历山大一把。"快追，没时间解释。"

亚历山大的身体踉跄了一下，差点儿从楼顶栽下去。他的体重是其他人的一倍，要从这么高的楼上跳下去可不是一件轻松的事情。詹姆斯和亨特蹲在房檐旁，身体很快消失在亚历山大的视线中。

当亚历山大走到房檐边时,詹姆斯和亨特已经跑出十几米远了。他一咬牙,一闭眼,径直跳了下去,只听"咚"的一声,好似一枚炸弹落地的动静。又麻又痛的感觉像电流一样从亚历山大的脚底板传递到腰间。他用步枪撑着地,才勉强站起来。此时此刻,他做出了一生中最重要的决定——减肥。

"砰砰砰!"

一阵枪声从前方传来,双方已经交火。亚历山大顾不得脚痛,一瘸一拐地朝前面追去。

朱莉紧盯着美佳一路追出小树林。在追出小树林之后,情况并没有变得明朗,因为前方又出现了一望无际的玉米地。玉米已经长到一人多高,美佳瞬间便钻了进去。

玉米一株挨着一株,所以凡是有人经过的地方,都会引起秸秆的一阵晃动。朱莉一边追,一边朝着晃动的位置开枪。美佳也不甘示弱,从玉米地里转身还击。朱莉刚刚追到玉米地的边缘,一枚枚子弹便从玉米地里飞了出来。动作敏捷的朱莉迅速卧倒,只觉得肩膀一阵剧

痛,鲜血瞬间流出。幸好子弹只从肩部的那层厚肉中穿过,并未伤及骨头。秦天和劳拉已经赶到,见朱莉的肩上淌着血,便停下了脚步,准备帮她包扎。

"我没事,快追!"朱莉捂着受伤的肩膀,从地上爬了起来。

三个人同时钻进玉米地,循着蓝狼军团在玉米地里留下的痕迹向深处追去。玉米地中"哗啦啦"地响,锋利的玉米叶划在脸上,留下了一道道红色的血痕。秦天弯着腰,头顶朝前,两臂向前伸出,像一支离弦的箭飞快地向前追。

随后,亨特、詹姆斯和亚历山大也赶到了。在这片玉米地里,红狮军团与蓝狼军团玩着猫捉老鼠的游戏,不过到底是猫捉到了老鼠,还是老鼠反咬了猫,还难以预测。

很明显,蓝狼军团并不想和红狮军团正面对抗,他们只是一味地逃跑。从人数和装备上来说,蓝狼军团并不比红狮军团弱,他们为什么不敢与红狮军团针锋相对呢?

蓝狼军团之所以不愿与红狮军团对抗,是因为他们的任务还没有完成。他们的任务是阻止八国反恐联合会议的召开。从逃跑的本领来说,蓝狼军团雇佣兵个个都是好手。他们在玉米地中分散而逃,弄得红狮军团不知道该往哪里追。

秦天一直盯着美佳逃跑的方向。在玉米地中,茂盛而密集的植物将视线完全遮挡,能看清的距离不超过十米,所以只能凭借响动和玉米秆的晃动来判断敌人所在的位置。

美佳异常狡猾,她习惯穿一身紧身衣,而且身体的柔韧性超常,所以不仅奔跑速度快,而且只剐蹭到玉米的叶子,却很少碰到玉米秆。这样一来,她的逃跑就变得隐蔽了很多。

秦天感觉有些不对劲,于是停下脚步仔细辨听声音传来的方向。"沙沙沙——"声音像是从右前方传来的,他调整方向朝右前方追去。没追出几步,突然一个鸭梨般大小的东西冒着烟,滚到了他的脚下。

这是一枚手雷!

秦天不知道这枚手雷是从哪里滚来的,更不知道它已经被拉燃了几秒,所以不敢冒险将其捡起,然后扔向远处。情急之下,秦天瞬间倒在地上,然后双手抱头在田里翻滚。

翻滚的秦天将玉米压倒一大片。他的身体还没有停下来的时候,那枚手雷便在玉米地里炸开了花。手雷爆炸产生的碎片四散而出。秦天把头埋在小臂中,希望自己不要被弹片击中。然而,事实上他却没有那么幸运。突然,他感觉到小腿像被钉子刺了一下,身体跟着不受控制地颤抖起来。手雷爆炸的一枚碎片刺进了他小腿的肌肉里。

在爆炸声中,美佳像一条泥鳅似的滑溜溜地向玉米地的更深处逃走了。秦天挽起裤腿,看到了那片嵌入到肉里的弹片。这枚弹片还有一点点露在肉外,秦天用指甲掐住露在外面的弹片向外一拔,一股鲜红的血随着弹片的拔出,喷涌而出。

这点伤对秦天来说算不了什么，他站起身来继续向前追去。

斗牛镇是一座无雨之城，地面坚实而干燥，美佳没有在地上留下脚印。秦天变成了无头苍蝇，在玉米地里一阵乱撞，直到从玉米地里钻出去，也没再看到美佳的影子。

第二十四章 一场虚惊

其他人同样一无所获。这场精心策划的围歼行动，竟然如此悲惨地失败了。亨特将责备的目光落到了亚历山大的身上。

亚历山大很识趣，开始自我检讨："都怪我不好，没有按照计划行动，擅自从屋后跑到了前面，才会导致蓝狼军团没有受到任何阻拦，就从屋后逃跑了。"

"我就搞不懂，你为什么非要跑到前面去？"当亨特看到亚历山大跑过去的时候就想问了，一直憋到现在。

亚历山大解释道："我看后墙的窗子那么小，心想蓝狼军团不可能从那里钻出去。然后，我听到了前面的枪声，一时冲动就跑到前面去了。"

"这要是按照古代的军法，擅离职守者可以问斩了。"亨特将一块口香糖扔进嘴里，"不过，你也是一片好心，

下不为例吧！"

亚历山大垂着头，不再说一句话。

劳拉劝解道："这些坏人跑得了初一，跑不了十五，他们迟早会落入咱们的手掌心。"

"没错，蓝狼军团的任务还没有完成，必然不会善罢甘休，只要咱们分析出他们下一步的行动，肯定能将其一网打尽。"秦天小腿上的血已经将裤腿染红了一大片，可他却毫不在意。

"我想，有一个人可以帮助咱们。"劳拉说。

"是谁？"亨特的口中冒出一股薄荷味儿。

"马克。"劳拉说，"他负责八国首脑会议的安保，应该清楚地知道整个活动的流程。"

秦天皱着眉头："只要我们清晰地了解了活动的流程，就能分析出蓝狼军团会在哪个环节动手，这样也就会想出对付他们的办法了。"

"那还等什么，我们现在就去找马克。"亚历山大转身往回走。

牛角村发生的战斗惊动了不少村民,此时家家紧闭大门,生怕子弹不长眼睛跑到自己的家里来。在空无一人的街道上,红狮军团的那辆越野车和黑色轿车依然停在路边。

亨特坐进越野车的驾驶位置,藏在墨镜后面的眼睛透过挡风玻璃观察着牛角村的街道。他已经迫不及待地启动了汽车,只等着其他人坐进来。其他人陆续坐进了汽车,唯独秦天站在路边不停地拨打手机。

亨特不耐烦地喊:"秦天,你在干什么?快点!"

秦天好像没听见一样,继续打着电话。亨特一脚油门踩下去,越野车从秦天的身边飞驰而过,同时他大吼了一句:"你坐劳拉的车走吧!"

劳拉正坐在那辆黑色的小轿车里,也就是她跟踪凯瑟琳时驾驶的那辆汽车。她摇下车窗玻璃,耐心地看着秦天,因为她知道秦天不会无缘无故地拨打电话。

秦天就是这样的一个人,更多的时间是活在自己的世界里。当他处于这种状态的时候,会对别人的话置若

罔闻。除了夏雪以外，也许劳拉是最了解秦天的人，所以她在静静地等待着。

手机被秦天紧紧地攥着，要不是它足够结实，也许会被攥成一把细沙。"劳拉，你能不能先带我去夏雪住的地方？"秦天拉开车门坐了进去。

"怎么了？"劳拉紧张地问。

"夏雪的手机一直打不通，我担心她会出事。"

秦天焦虑的神情令劳拉不安。她发动了汽车，在牛角村的街道上掉转车头，载着秦天向夏雪的住处驶去。

劳拉把汽车开得飞快，由于乡村小路坑坑洼洼，汽车底盘不时碰触到地面，发出"吭吭"的响声。

秦天坐在副驾驶的位置一句话也不说，只是反复地按下那一串熟悉的号码。夏雪的手机始终处在无法接通的状态，秦天在脑海中想象出一个个可怕的画面。

"夏雪千万不要出事！"秦天控制不住地自言自语。

对秦天来说，在这个世界上没有比夏雪更重要的人了，是夏雪将他从冰冷的地狱唤回到温暖的人间，是夏

雪让他重新找到了自己存在的意义。

在面对生化幽灵的时候，夏雪不顾个人安危，与秦天生死与共。秦天曾答应过夏教授要保护好夏雪，绝不能让她受到伤害。本以为带着夏雪来斗牛镇度假，可以弥补自己对她的愧疚，可是没有想到却再一次将她带到了危险之地。所以，秦天在一遍遍地责怪自己。

汽车驶出乡村小路后，劳拉将油门一踩到底，车速在一分钟内提升到极限。这是一辆小排量的破旧汽车，在劳拉的疯狂驾驶下，发动机发出了歇斯底里的吼声，仿佛随时都有可能报废。

劳拉没有走斗牛镇中心的大路，而是沿着外环路飞奔向夏雪的住处。现在，劳拉也有些害怕，毕竟将一个还没有任何社会经验的女孩独自留在陌生而且充满了邪恶隐患的地方是一件很不靠谱的事情。

原本一个小时的路程，劳拉只开了四十几分钟。车还没有停稳，秦天便推开车门跳了下去，吓得劳拉赶紧将刹车踩到底，生怕秦天摔倒受伤。

"夏雪住哪间客房?"秦天拉开劳拉一侧的车门。

劳拉熄灭发动机,刚要从车里出来,却又被一股力量拉了回去。原来,她匆忙中忘记了解开安全带。越忙越乱,劳拉一连按了好几下都没有把安全带从卡扣中取出来。

"夏雪住303房间。"

劳拉终于从车里出来了。她"嘭"的一声关闭车门,和秦天一起向旅店里跑去。

303房间的门紧闭着,秦天急促地敲着门,同时喊道:"夏雪,夏雪!"

屋内没人回应,这可把秦天吓坏了。他甚至要抬起脚来将门踹开,幸亏劳拉拦住了秦天。

"我去找服务员把门打开。"劳拉转身向楼下跑去。

服务员很快便跟着劳拉一起赶来,而此时秦天已经在原地转了好几圈。服务员将房卡在门锁的感应器上一刷,一阵清脆的声音响起,门锁的绿灯亮起。

秦天迫不及待地推开房门。屋里光线昏暗,当房卡

插进门口的卡槽里后,灯亮了。果然,夏雪并不在屋里,在床头柜上放着她的双肩包。

劳拉和秦天在屋里寻找,想看看夏雪是否留下了什么字条之类的东西。结果令二人很失望,夏雪没有留下任何线索。

"这个房间里的女生是什么时候出去的,你看到了吗?"秦天问站在屋里不知所措的旅店服务员。

服务员摇摇头:"我可以帮你查看监控录像。"

"快带我们去。"秦天焦急地说。

服务员转身朝楼下走去,劳拉和秦天紧紧地跟在她身后。监控室在一楼最里面的一间屋子里。

说明来意之后,保安立即调取了当天的监控录像。当时间快进到下午一点三十分的时候,夏雪出现在监控画面中。

秦天的心跳声足可以被监控室里所有的人听到,他呼吸急促,目不转睛地盯着监控画面。画面中,夏雪从电梯里走出来,然后径直走出了旅店的大门,很快她的

背影消失在画面中。在整个监控录像中,夏雪出现的时间不足一分钟。

"秦天,你放心吧,夏雪不会有事的,她只是出去玩了而已。"劳拉分析道。

"可是,她的手机为何一直无法接通呢?"秦天还是忐忑不安。

斗牛镇虽然不是很大,但要想找到一个人也是非常困难的。劳拉和秦天不知道是在这里等,还是出去寻找夏雪,一时间愣在了监控室里。

"你们快看,那个女孩回来了。"突然,保安惊喜地喊道。

秦天的眼睛一亮,果然看到手里拎着一个大大的塑料袋的夏雪,正从旅店的门口走进大厅。

推开监控室的门,秦天一个箭步冲了出去。夏雪刚刚走到大厅的中央便看到了疾奔而来的秦天,她喜出望外,手里的塑料袋掉在了地上。

"秦天,你什么时候回来的?"

夏雪敞开双臂准备拥抱迎面而来的秦天。可是，秦天在距离她不足半米的地方戛然而止，表情瞬间变得凶神恶煞一般，大声吼道："你跑到哪儿去了？怎么不开手机？"

笑容僵在夏雪的脸上，她搞不懂秦天为何突然脸色大变，委屈地说："我只是去买了些生活必需品而已。谁会想到手机没电了，你用得着这么凶地吼我吗？"

秦天觉得自己有些过火了，但以他的性格是绝不会向夏雪道歉的。幸好劳拉也在，她及时出面解围："秦天是担心你的安危，既然没事也就皆大欢喜了。"

夏雪可不像秦天那样一根筋，她瞬间喜笑颜开，兴奋地对劳拉说："劳拉姐，你猜我买到了什么？"

"猜不到。"劳拉无奈地摇摇头，心想夏雪真是个小孩子，脸变得简直比天气还要快。

夏雪从口袋里掏出了几张长条形的门票，在劳拉面前晃了晃，得意地说："我买到了一场戏剧演出的门票。你知道有多少人排队吗？"

听到这句话，秦天本来已经稍稍好转的心情又升起

了怒火:"你就是为了买这几张破门票,才出去整整一个下午吗?"

夏雪这次没有生气,他知道秦天的脾气,不会跟他硬碰硬。"你这种没品位的男生懂什么?这可是整个奔牛节期间最有看头的一场演出。"

劳拉拿过夏雪手中的一张门票,看到上面写着:斗牛士进行曲大型歌剧演出。开始的时间是后天晚上七点三十分。

"据说,好多个国家的政要都要观看这场演出呢!"夏雪继续说,"我想这肯定是一场特别有品质的演出,否则那些政要人物也不会来参加的。"

"你是从哪儿看到的这条消息?"秦天突然关心起这场演出来。

夏雪撇着嘴:"就不告诉你,谁让你对我那么凶!"

"夏雪,你就快说吧!这可能会关系到蓝狼军团的暗杀行动。"劳拉也跟着问。

"什么?那我可不敢去看这场戏剧了。"夏雪的眼睛

瞪得溜圆,"我是在歌剧院的宣传语上看到的。"

秦天想,如果自己是蓝狼军团的人,一定不会错过这次绝佳的暗杀机会。因为,歌剧院里观众上千,很容易浑水摸鱼,并且大国政要齐聚于此,成功的概率也会增加几分。

想到这里,秦天对劳拉说:"咱们也去找马克,他一定更了解歌剧院的情况。"

第二十五章
一场戏剧

秦天想去斗牛镇特警队找马克,却被劳拉拦住了。她说:"估计亨特他们已经找到了马克,所以用不了多久就会带着消息回来。"夏雪也不想让秦天走,毕竟秦天被关在监狱里好几天,自从释放出来以后这是他们第一次见面。

"好吧,咱们就在这里等。"秦天点点头。

夏雪高兴得不得了,将秦天和劳拉叫进了自己的房间,从刚才提回的塑料袋里掏出了一大堆零食。

"咱们这几天哪像是在度假呀?分明就是来遭罪的!"夏雪抱怨道,"今天咱们就好好休息一下,享受生活!"说着,夏雪向后倒去,将身体砸到了柔软的床上。

零食对秦天来说是一种奢侈的东西,在孤儿院长大的孩子能吃饱穿暖就不错了。很多年轻人在挣到人生中

第一个月的工资时,往往会给自己的父母买一份礼物。秦天挣到了自己的第一份工资之后,却手捧着钱不知道该给谁买礼物。于是,秦天买了他人生中的第一次零食,而且几乎花光了他第一个月所有的工资,他要把自己童年的味道全部吃回来。

夏雪看秦天在发愣,推了推他,问道:"你又在想什么呢?"

"没……没想什么?"秦天把自己从回忆中拉回来,拿起了一包零食,"其实,人生真的很简单,无非就是和自己的好朋友一起吃零食、聊天,一起哭,一起笑。"

"对呀!就是这么简单。"夏雪眨巴着眼睛。

"可是,这一切似乎都离我很远。"秦天仿佛又想起了过去,"我没有零食,没有朋友,没有哭,也没有笑。"

"那你有什么?"夏雪不解地问。

秦天沉默了片刻,手紧紧地握着那包零食。夏雪和劳拉都可以听到零食被捏碎的声音。

劳拉知道秦天又想起了自己不愉快的童年,赶紧插

话：“别聊了，看看有什么新闻没有？”说着，劳拉按下了电视的遥控器。

电视中正在播报奔牛节的活动安排。果然，后天晚上七点三十分将在剧院演出一场歌剧。看到这里，秦天又有些坐不住了。他急迫地想知道，亨特他们都打探到了哪些消息。

在斗牛镇特警队的办公大楼里，马克正在办公室与红狮军团的特种兵进行交谈。他的手里拿着一张奔牛节活动表，详细地介绍着每一个活动的参加人和安保方案。

听完马克的介绍，亨特分析道：“有两个环节最容易出问题：一个是后天晚上的歌剧演出，蓝狼军团有可能混在观众中，也有可能提前对歌剧院进行破坏；另外一个环节就是奔牛节庆典那天，八国领导人要出席当天的剪彩活动，蓝狼军团有可能会趁机下手。”

马克自信地一笑：“你们放心，每一个环节的危险因素我都想到了，绝不会出问题。”

“你这话什么意思，难道是不需要我们的帮助了

吗?"亚历山大是直肠子,有话绝不憋在肚子里。

"我想是的。"当上了警察局长的马克有些骄傲起来,"我和我的手下足可以对付这几个雇佣兵。别忘了,我是特警。"

亨特盯着马克:"你听我说,小子。你太不了解蓝狼军团了,他们绝没你想象得那么好对付。"

马克也是一个倔脾气,他说:"那我就把他们收拾得服服帖帖的,给你们看看。"说着,他站起身来用警告的眼神看着亨特:"我知道你们是为正义而战的力量,不过最好也别在斗牛镇乱来,因为这里是讲法治的地方,对付犯罪分子还要靠我们警方。"

亨特气愤地离开马克的办公室,脚步声中回响着他的愤怒。其他人紧跟着亨特走了出来。

詹姆斯心有不甘地问:"难道咱们就不管了吗?"

亨特头也不回:"他说他的,咱们干咱们的。"

詹姆斯像吃了定心丸,生怕错过这场刺激的较量,要知道这可是詹姆斯加入这支红狮军团战斗小队后的第

一次任务。

马克看着红狮军团的特种兵离开特警队,脸上露出了诡异的笑容。他的性格过于强势,不想被红狮军团的特种兵抢了风头。况且,马克并非狂妄自大,他的确已经设计好了圈套,等着蓝狼军团自投罗网呢!

蓝狼军团销声匿迹,红狮军团又得不到马克的支持,他们干脆在斗牛镇轻松地游玩起来。当然,表面上,他们是在游玩,而实际上是在侦察歌剧院周围的情况。

第三天的傍晚,红狮军团分为三组,位于歌剧院的不同位置,悄悄地观察着进入剧院的观众。考虑到安全的问题,夏雪被关在了旅店里,没能如愿以偿地看到这场歌剧。

马克果然派出了大量警力来负责歌剧院的安保。每一个进入歌剧院的观众都要经过严格的安检,连一个指甲刀都别想带进去。

七点二十分左右,几乎所有的观众都进入了剧院。红狮军团没有发现蓝狼军团的身影。于是,他们也准备进入剧院,说不定中途会有什么意想不到的事情发生。

在出示门票后,一名特警拦住了他们,手持一个探测器对他们进行全身搜查。

亚历山大有些恼火,对马克吼道:"不用这么过分吧?又不是不认识我们?"

马克微微一笑:"这是规定,我们必须严格执行。"

进入剧院后,亨特看到贵宾间中隐约有几个人,莫非他们就是那几名大国政要?歌剧在激昂的音乐中开始了,一名斗牛士装扮的人吼着浑厚的唱腔从后台走出来。秦天实在欣赏不了这种高雅的艺术,要不是为了对付蓝狼军团,倒贴钱他都不会来这里听歌剧的,更何况要自己掏腰包买票了。

剧场天花板上的灯全部熄灭,聚光灯照射到舞台上。秦天坐在最后一排,只看到前面无数个如同地雷的黑脑袋,唯一可以清楚看到的地方就是舞台。

马克的身影出现在剧场中,他站在黑暗的角落里看着舞台上的表演。狞笑被掩盖在黑暗之中,谁也不知道这场歌剧表演中有他设下的一个骗局。

第二十六章

空降突袭

马克是个精明的人，事先放出谣言，说八国政要会来观看这场歌剧，而实际上八国政要并没有来。来的人只是几个替身而已，而真正的八国政要则已经在秘密地召开反恐峰会了。

马克这样做的目的就是引蓝狼军团上钩，然后将他们一网打尽。每个进入剧院的人都进行了严格的安检，所以任何人都不可能把武器带进去。马克还在这些观众中安插了很多特警。他们混在各排的座位中，严密地监视着每个区域的情况。

马克站在剧院的后面，猜测蓝狼军团的雇佣兵一定就混在观众中，只不过他们采用了易容术，所以才没有被发现。他通过耳机悄悄地通知安插在每个角落的特警，只要发现可疑之人的异常举动，立即将他们逮捕。

马克的如意算盘能够如愿吗？至少在歌剧表演已经进行过半的时候，他的计划还没有得以实施。观众安静地欣赏着歌剧，看不出谁是蓝狼军团乔装打扮后的非法之徒，或者他们根本就没有混在其中。

蓝狼军团绝没有马克想得那么蠢。他们才不会装扮成观众，在手无寸铁的情况下来剧场里送死。此时，他们就在剧院附近，但并不在地面上，而是在一座大厦的楼顶。

与剧院一路之隔的地方，有一座高达三十五层的大厦。在大厦的楼顶正站着几个人，他们俯视着歌剧院的楼顶，正准备进行一场冒险的偷袭行动。

"那个愚蠢的特警队长以及红狮军团做梦也不会想到，咱们会从这里飞过去发起攻击吧？"布鲁克的脸上露出得意的笑。

泰勒穿着一身黑衣，高挑的身材在百米高空的夜色中显得独具魅力，这让人不禁想起了电影中蝙蝠侠的形象。这次行动的方案是他提出的，因为泰勒最擅长空中

突袭。

蓝狼军团的秘密装备是三角翼,它分为有动力三角翼和无动力三角翼两种,是特种兵进行特种突袭作战常用的一种工具。今天,蓝狼军团使用的是无动力三角翼,它完全靠宽大的翼展在气流的作用下产生升力,帮助驾驶者在空中飞行。

蓝狼军团之所以会选择无动力三角翼,是因为这种三角翼没有马达,不会产生噪音。今晚,蓝狼军团的雇佣兵都是一袭黑衣,三角翼也是黑色的,完全可以融入夜幕之中。

泰勒已经做好了准备,他双手紧握三角翼,站立在距离楼顶边缘几十米远的位置。突然,泰勒猛地向前冲起,就像百米运动员发起了最后的冲刺。在身体到达楼顶的边缘时,他纵身一跃离开了楼顶。

艾丽丝看到泰勒的身体几乎是从楼顶弹射出去,而他瞬间就变成了一只"大鸟",展翅飞向马路对面的剧院。艾丽丝是蓝狼军团中唯一有恐高症的人。此时,她

心跳加速,面带恐惧之色。

"各位,对面的楼顶上见。"雷特早就按捺不住了,他是一个最敢于挑战危险的人,对他来说越危险也就越刺激。

雷特的速度是有目共睹的,他像风一样从艾丽丝的身旁刮过,又像一只夜行的蝙蝠那样展开了宽大的翼翅,消失在如墨般的夜色中。

对面的剧院楼顶只有三层高,与这座大厦楼顶的落差至少有八九十米,只需控制好三角翼的方向便会毫无悬念地落在上面。随着飞行高度的下降,泰勒借助剧院楼顶的霓虹灯选准了着陆点。他拉动左侧的操作杆,三角翼上的一个气孔向上打开,浮力发生了变化,三角翼载着泰勒开始慢慢下降。

歌剧院的楼顶非常平整,足足有一个足球场那么大,足够泰勒安全降落。他的双脚已经碰到楼顶,可身体还在惯性的作用下向前运动。泰勒向后用力,同时拉动操作杆,使三角翼由水平状态变成竖立的状态,这样三角

翼就会受到空气的阻力而停止下来。

停下来的泰勒将三角翼平放在楼顶，开始准备袭击剧院所需要的装备。他熟练地拿出一套滑降的装备，将其中一端固定在楼顶的一根水泥柱上，然后将腰间的卡扣锁在绳子上。随后，他双手抓住绳子准备向下滑落。

很快，蓝狼军团的雇佣兵陆续安全地降落到歌剧院的楼顶。他们也像泰勒那样做好了偷袭前的最后准备。艾丽丝的手里握着一枚手雷，但这并不是一枚普通的手雷，而是一枚发烟手雷。

"Action！"布鲁克发出了行动口令。

蓝狼军团分别从剧院两侧的墙壁滑落而下，唯独美佳留在了楼顶负责接应。

在剧院两侧各有几扇窗户，这些窗户距离地面很低，是用来通风的。艾丽丝的身体已经滑落到窗户旁，她抬起右脚猛地踹向玻璃。

"哗啦！"

破碎的玻璃像一把把尖刀向下落去。坐在窗户下面

的观众毫无防备，有些被落下的玻璃划伤，发出了惨叫声。还没等剧场里的人反应过来，一枚枚冒着浓烟的手雷已经从窗口飞进了剧院。顿时，能容纳上千人的剧场里浓烟翻滚，人们视线模糊。

马克被惊呆了，他没想到自己的设防如此严密，还是被蓝狼军团找到了突破口。混在观众中的红狮军团也很意外，他们虽然预料到蓝狼军团会出其不意地发起攻击，但是没有想到他们会从天而降。

现在最重要的是疏散剧院里的观众，秦天大喊："快打开剧院里所有的灯。"

在演出的时候，除了照射舞台的灯光，其他的灯都关闭了，这无疑使观众的疏散变得困难。秦天的喊声淹没在人群恐慌的嘈杂声中。幸好，马克也算经验丰富，他命令手下打开了所有的灯。在灯光的照射下，剧场里的能见度稍稍好了一些。

特警们在马克的指挥下忙乱地疏散观众，同时在烟雾中寻找突袭而来的雇佣兵。

据蓝狼军团事先的侦察,他们认为八国政要一定在贵宾室中。泰勒第一个跳进了剧院里,他的目标很明确,直奔剧院中的贵宾室。

"快围住贵宾室,抓住蓝狼军团。"马克大喊着。

十几个特警朝贵宾室跑去,慌不择路的观众与他们发生碰撞,使他们迟迟无法到达贵宾室。浓烟弥漫的剧院里,特警们看不到贵宾室的方向到底发生了什么,也不敢朝那里乱开枪,显然应对这种突发事件,他们的经验还很不足。

泰勒第一个冲到贵宾室,战术手电筒的光线照射进去,贵宾室里的每个角落都被看得清清楚楚。

第二十七章 楼顶激战

当泰勒将战术手电筒的光线照进贵宾室的时候,他瞬间便意识到他们上当了。

"上当了,快撤!"泰勒的喊声通过耳机传到了每一名队友的耳朵里。

原来,在贵宾室里根本没有什么八国政要,而是八名伪装成政要的特警。马克虽然没有想到蓝狼军团会从楼顶滑降而入,但是他的诱敌之计还是成功了。这八名特警是他精挑细选的干将,希望不会令他失望。

特警见蓝狼军团自己送到了门前,迫不及待地举起了枪朝他们射击。泰勒并没有还击,而是闪躲到门的一侧,同时手摸向了腰间。他抓到了一枚闪光雷,抬手扔到了特警的身边。

"快闭眼。"在扔出闪光雷的同时,泰勒通过耳机通

知了队友。

听到泰勒的喊声,蓝狼军团的雇佣兵知道二号方案已经启动。所谓二号方案就是当行动失败后,使用闪光雷暂时摧毁对手的视觉,然后趁机逃跑。闪光雷落在贵宾室里,强光瞬间闪起,来不及闭眼的特警们感觉到眼睛一阵刺痛,瞬间便什么也看不见了。

"原路返回。"布鲁克大叫着。他没想到竟然中了偷梁换柱之计。从楼顶滑落而下的绳子还垂在窗前,他们分头向各自的位置跑去。

剧场在一阵强光之后,再次变得黑暗下来,而且被强光照射过的眼睛更加难以看清东西。所以,剧场里变得更加混乱了,马克根本无法控制局面。情急之下,他竟然举起枪朝屋顶开了一枪,并大喊:"别慌,都听我指挥。"

他不开枪还好,一开枪剧场里更乱了。普通人谁不怕枪声呀,生怕自己的脑袋被枪子打中了,于是没命地往外跑。老人和孩子被撞倒在地,顿时哭喊声响成了一片。

马克已没有精力去应对蓝狼军团,因为职责告诉他必须先将观众疏散出去,以免发生踩踏事件。

秦天的眼睛一阵刺痛,他用手背用力揉了揉,只感觉身体被潮水般涌动的人群不停地撞击着。他知道蓝狼军团一定在趁乱撤退,而且必定会沿原来的路线撤离。秦天与向外撤离的人群呈垂直方向前进,因为他想赶到最近的一个窗口。

恐慌令平时看似很柔弱的人都生出一股神力,秦天被撞得好几次差点摔倒。一旦倒在地上后果是可怕的,因为在浓烟滚滚的剧场里,根本看不清脚下的状况,所以必定会有无数只脚前赴后继地踩上去。

还好,经过一番周折后,秦天来到最近的窗户下。抬头望去,窗户离地面有五六米的距离,一根绳子从窗口一直延伸到地面。秦天抓住绳子能感觉到它在晃动,说明有人正在沿着绳子向上爬。

顾不得多想,秦天双手抓住绳子,两只脚蹬着墙壁快速地向上爬去。很快,秦天爬到了窗户的位置,他将

头从窗户伸出去,借助街灯的光线向上看去。

一个黑影正抓住绳子向上爬,眼看就要到达楼顶了。秦天心急如焚,整个身体从窗户钻出,双手紧抓绳子,两脚将绳子锁紧,一节节地向上拔高。这种方法需要很强的臂力,以及很好的手脚协调能力。

在秦天头顶的人是雷特,他已经察觉到有人跟着自己在向上爬,因为绳子晃得厉害,令他的身体难以保持平衡。雷特向下望去,由于光线黑暗,他看不清下面的人到底是自己人还是红狮军团的人。

由于下面这个人的身材有些矮小,所以雷特想:也许是凯瑟琳或者艾丽丝也从这根绳子爬上来了吧!雷特不愧是蓝狼军团中速度最快的人,他不但没有被秦天追上,反而拉大了与秦天的距离。当然,这也使他失去了看清秦天的机会。

很快,雷特爬上楼顶。除了负责接应的美佳,他是第一个到达楼顶的。此时,雷特向下看去,想弄清楚跟上来的到底是谁?

秦天的心跳开始加速，他知道只要对方认出自己，麻烦可就大了。雷特将战术手电打开，一束光柱朝秦天照来。秦天想现在要是有一把枪就好了，那样就可以先下手为强。都怪那个狂妄自大的马克，红狮军团不可能带着枪进入剧场，这令他们非常被动。

蓝狼军团的手里可是有枪的，当雷特看清了秦天之后，他大惊失色地喊道："怎么是你？"

"除了我还能是谁？"秦天知道雷特要开枪了，双手紧抓绳子，两脚猛地斜着一用力蹬到了墙上，身体向秋千一样荡了出去。

"砰！"

雷特慌慌张张地开了一枪，幸亏秦天的身体荡了出去，否则这一枪足可以要了他的命。

秦天的身体在空中飘荡的时候，他的两只手同时不停地向上拉动身体。雷特连开了几枪都没有打中秦天，情急之下朝美佳喊道："快把绳子解开，让他摔下去。"

美佳跑去解绳子，不知道当初是谁系的绳子，竟然

绑了一个死结。美佳拔出匕首,准备割断绳子。

秦天感觉到了绳子在不断撕裂,他用尽浑身的力气将自己荡得最高,就在绳子断开的一刹那,双手抓住了房顶的墙沿。

雷特冲过来,朝着秦天的手就是一枪。秦天早已预料到雷特会有此举,以最快的速度翻身而上,同时一只脚踢向雷特的手臂。这一脚踢中了雷特的手臂,他身体向一侧歪去,用枪口支住了楼顶,才没有倒下。秦天手中没有武器,所以不能给雷特喘息的机会。他紧接着朝雷特的双腿扫去,想趁机夺过雷特手中的枪。

雷特的身体还没站稳,所以根本躲不开秦天横扫来的腿。他坐在了地上,手中的枪也差点飞出去。

美佳举起枪想帮助雷特,却因为两个人一直混战在一起,怕误伤了雷特而没敢开枪。秦天看出了美佳的心思,和雷特贴得更紧了。由于雷特手中是一支步枪,在近战的情况下根本发挥不了威力。所以,两个人一时间难以分出胜负。虽然秦天要夺过步枪的想法没有成功,

但是他却从雷特的腰间抓到了一枚手雷。

"砰！"

美佳终于开枪了。这一枪打中了秦天左肩。秦天知道自己寡不敌众，压低身体向楼顶的一个突出物体跑去，躲在了后面。这是中央空调在楼顶的压缩机，大约有三四米长，一米来高，正好成了可以躲避的障碍物。

"砰！砰！砰！"

雷特憋了一口恶气，接连朝秦天躲藏的地方开枪。

秦天躲在后面不敢出来，他手里唯一的武器就是刚刚从雷特腰间抓来的那枚手雷。

第二十八章 危险一跳

秦天的手里紧紧地握着这枚手雷,这是他唯一的救命稻草。突然,枪声停止了,秦天有些不解,谨慎地探出头观望。不知道什么时候,楼顶上又多了几个人,看来蓝狼军团的雇佣兵已经到齐。他们已经将三角翼握在手中,正准备从楼顶滑翔到街上。

见势不妙,秦天急忙拉燃手雷,朝蓝狼军团扔去。可是,他没有想到这竟然是一枚发烟手雷。手雷释放出浓浓的灰白色的烟,很快将整个楼顶变得如同焚烧厂。他已经看不清蓝狼军团到底在什么位置了。秦天没有想到,这一举动反而给蓝狼军团提供了掩护。

秦天顾不了许多,忍着肩膀的疼痛向浓烟中冲去。秦天冲进浓烟之中,发现蓝狼军团已经驾驶三角翼飞了出去。情急之下,秦天差点儿直接从楼顶跳下去。突然,

他听到身后有脚步声传来,回头一看原来凯瑟琳还没有离开。凯瑟琳正手持三角翼向楼顶的边缘冲来。由于浓烟的遮挡,凯瑟琳并没有看见秦天,所以就紧贴着他从楼顶弹了出去。

秦天哪里肯放弃这次机会。他纵身一跃,抓住了凯瑟琳的双腿,想跟她一起降落下去。可是,秦天忘记了一件事情,那就是自己的左肩已经受伤,只要稍微一用力就会疼痛难忍。这只是其一,另外一个秦天没有想到的是三角翼根本承受不了两个人的体重。当秦天抓到凯瑟琳的双脚后,三角翼骤然向下落去,如果他不松手两个人可能会被同时摔死。

凯瑟琳两只手紧紧地抓住三角翼,生怕秦天把自己拽下去。她要是能腾出一只手来的话,肯定会毫不留情地朝秦天开上几枪。秦天的左肩疼痛难忍,再加上凯瑟琳穿的夜行衣异常光滑,所以他的双手开始沿着凯瑟琳的腿向下滑去。凯瑟琳抓住机会,猛地一抽腿,左腿从秦天手臂中抽了出来。秦天只好死死地抓住凯瑟琳的右

腿不放。

　　凯瑟琳收回抽出来的左腿，猛烈地朝秦天受伤的肩膀踹去。尽管秦天咬紧牙关，但还是难以忍受刺骨的疼痛。他终于坚持不住，无奈地松开了双臂。顿时，凯瑟琳感觉三角翼重新恢复了升力，身体轻松地向前滑翔而去。秦天的身体则像一枚刚刚从弹舱里投掷而出炸弹，呼啸着朝地面砸去。

　　由于三角翼在秦天和凯瑟琳两个人的重量下，飞行的高度不断下降，所以秦天掉落下来的时候，实际上距离地面已经不足三层楼的高度，即便这样如果摔在水泥路面上，也会要去半条命。恰好此时，一辆大巴车驶过，秦天的身体先是摔在了大巴车上，然后又向地面滚去。就在他的身体刚要摔在地上的时候，又有一双结实的臂膀将他接住了。

　　"别担心，有我在。"听到这个粗鲁的声音，秦天便知道亚历山大在危急时刻出手救了自己。

　　就在秦天爬上楼顶的时候，他的队友们则从安全通

道和剧场的门口挤了出去。他们还跟马克要了几支枪。马克已经被弄得焦头烂额,此时正需要红狮军团的帮助,所以不再那样高傲自大了。

"谢了!"

秦天从亚历山大结实的臂膀中挣脱出来。他感觉自己在亚历山大的怀中就像一个小女生那样娇小。

"给你这个。"亚历山大塞给秦天一支手枪。

此时,亨特和詹姆斯已经追到了前面。他们都在盯着一个目标,那就是凯瑟琳。蓝狼军团的其他人搭载三角翼,已经飞行到了几百米远的地方,唯独凯瑟琳由于受到了秦天的阻拦,降落到距离剧院不足百米的路边。

落地之后,凯瑟琳扔掉三角翼,向远处跑去。詹姆斯迅速追去,他的两条腿像装上了发条,眼看着与凯瑟琳的距离越来越近。

"砰!"

突然,凯瑟琳转身开了一枪。她这一枪并没有瞄准,也没指望着能击中詹姆斯,只不过想以此来影响詹姆斯

的奔跑速度。

这招果然灵,詹姆斯听到枪响后,下意识地趴在了地上,这无疑减缓了他追击的速度。随后赶上来的亨特超越詹姆斯,一边跑一边将枪举起朝凯瑟琳进行射击。

"砰砰!"

两发子弹的弹头追着弹尾,射向凯瑟琳。凯瑟琳是经验丰富的逃跑高手,她弯腰快步,以蛇形线在障碍物间穿梭而行。这两枚子弹自然不会拐弯,并没有击中凯瑟琳。

劳拉和朱莉两位女将也追了过来,眼看凯瑟琳已经陷入了困境。突然,一辆黑色的越野车迎面开来,车灯晃得红狮军团睁不开眼睛。一个急刹车,车轮在柏油路面上滑出十几米,同时发出刺耳的声音。最终,越野车停在凯瑟琳的身边。

车门从里面被推开,艾丽丝喊道:"快上车!"

原来,另外几名蓝狼军团的雇佣兵已经落到预定的地点,驾驶着事先停好的越野车赶来了。凯瑟琳像子弹

一样冲进车里,车门刚刚关上,便有几发子弹射了过来,将车门射出一个个小洞。

布鲁克驾驶越野车径直朝红狮军团撞去。最前面的詹姆斯和亨特赶紧躲闪,差点就被越野车碾在车轮下。等他们挣扎着从地上爬起来的时候,越野车已经开出几十米远了。

一阵乱枪朝越野车射去,有几枚子弹击中了越野车的后窗,玻璃被击碎散落一地。雷特正好将枪从后窗伸出,疯狂地朝红狮军团射击。

眼看着蓝狼军团的越野车越开越远,亨特心急如焚。他拦下了路边的一辆车,詹姆斯、劳拉和朱莉坐了进去。亨特驾驶汽车朝蓝狼军团的越野车追去。受伤的秦天和速度欠佳的亚历山大,看到汽车从他们的身边呼啸而过,干着急也没有办法。他们决定返回到剧院,去找马克。

第二十九章

蓝狼逃脱

马克刚刚将观众疏散完毕。大部分观众安然无恙，只有几位老人和孩童在拥挤中受伤，其中两名伤势严重者正被送往医院。今晚所发生的一切是马克没有预料到的。

"马克，蓝狼军团已经跑了，快借我一辆警车去追。"亚历山大一把抓住马克的胳膊。

马克擦擦额头的汗："不用担心，我已经在斗牛镇所有的出口都设置了关卡，他们是无法跑出斗牛镇的。"

虽然马克没有在剧场中抓住蓝狼军团，但是这次行动的战略目标却已经实现。所以，他也算完成了任务。在歌剧演出的同时，八国政要正在另一个地方秘密地进行磋商。经过协商，八国政要代表各自国家达成共识，决定成立一个联合反恐机构，共同打击国际恐怖组织。

秦天不相信马克有能力将蓝狼军团困在斗牛镇。所

以，他还是向马克借了一辆车，由亚历山大驾驶向蓝狼军团逃窜的方向追去。

"亨特，蓝狼军团逃到什么地方去了？"秦天通过通信装备联络亨特。

蓝狼军团的越野车就在亨特的前面。他驾驶汽车超越了一辆挡在前面的小车，回答道："他们正在沿牛尾路向东逃窜。"

秦天听到回答后，立刻朝亚历山大喊："快拐进右面的路，咱们赶到前面去拦截。"

亚历山大不知道右面的路通向哪里，但是他相信秦天的判断，于是向右一打方向盘，汽车驶进了向右转的一条小路。这条路虽窄，但是车辆很少，亚历山大将车速提到了最快。

秦天对斗牛镇的道路进行过详细的研究，这是特种兵来到一个陌生地方后必须要做的一件事情，因为对地形不熟悉，无论是进攻还是撤退都不会顺畅。

秦天判断蓝狼军团沿着牛尾路向东行驶，最终必定

会向右转进牛头路,因为牛头路通向郊区的荒芜之地,蓝狼军团从那里逃离的可能性更大。亚历山大刚刚驾驶汽车拐进的这条小路是与牛头路连通的。如果他们的速度够快,说不定能将蓝狼军团拦在路上。

布鲁克驾驶着越野车在牛尾路上疾驰,一路上剐蹭了好几辆汽车。为了超越前面的汽车,布鲁克驾驶汽车来到对面的车道上。迎面一辆大货车驶来,两车瞬间交错,把大货车的司机吓出一身冷汗,连连大骂了几句。

蓝狼军团的越野车闯过前面路口的红灯,继续向东行驶。亨特紧追在后面,自然也不会理会红灯。一辆摩托车急速穿过马路,亨特紧急踩下刹车,刺耳的响声将周围的路人吓得闭上了眼睛。还好,汽车在距离摩托车几厘米的位置停了下来。

骑着摩托车的年轻人吓得呆在原地,他还以为是自己闯了红灯。亨特顾不得下车查看,从摩托车前面驶过,继续向东追去。

此时,蓝狼军团已经将红狮军团甩掉。亨特的视线

中已经找不到蓝狼军团的影子。他急忙呼叫秦天:"你们到哪里了?蓝狼军团有可能向牛头路的方向拐过去了。"

"我们马上就到牛头路了。"秦天回答。

在快要到达牛头路的交叉口时,秦天看到一辆黑色的越野车呼啸而过,他惊呼:"快追,蓝狼军团刚刚过去。"

亚历山大驾驶汽车冲上牛头路,两辆车经过路口的时间也就相差几十秒。牛头路上的车寥寥无几,秦天将右手伸出车窗,朝前面的越野车连开了几枪。

无奈,亚历山大给了他一把手枪。这把枪的有效射程才百余米,根本对前面的越野车构不成威胁。秦天的枪声倒是激起了蓝狼军团还击的欲望,他们将两只步枪架在已经没有玻璃的后车窗上,对准了亚历山大驾驶的汽车连续发射。

一枚枚子弹击穿了汽车的前窗,擦着亚历山大的身边飞过。方向盘在他的手里来回运动,汽车也跟着在马路上画起了弧线。这是一次准备不充分的战斗,必定会受制于人,亚历山大在心里责怪马克,都是因为他的狂

妄自大才造成了现在的结果,否则他们完全有机会在剧院中将蓝狼军团抓获。

闪念之间,蓝狼军团的汽车已经消失在牛头路上。亚历山大驾驶汽车继续向前追,从一个路口急速闪过。

"快倒回去,他们拐进后面那条路了。"秦天大喊。

亚历山大紧急刹车,然后向后倒车。转进刚刚经过的路口,可是并没有看到蓝狼军团的越野车。一辆正在施工的挖掘机挡在路上,秦天大声问开挖掘机的司机:"师傅,刚才有一辆越野车从这里经过吗?"

司机摇摇头:"我横在路上,即使有也不可能过去。"

秦天觉得也对,心想难道是自己看花了眼?于是,亚历山大继续沿牛头路向前追去。可是,他们一直追到牛头路的尽头,看到了马克设在那里的关卡,也没有再见到蓝狼军团的越野车。

"狡猾的蓝狼军团。"秦天痛恨地说。他知道蓝狼军团一定是沿着那条小路逃走了,而那台挖掘机的司机则是他们的帮手。

　　蓝狼军团就这样奇迹般地从斗牛镇消失了,而马克则却依然坚信他们并没有离开斗牛镇,因为在离开斗牛镇的每一个路口都没有发现蓝狼军团的影子。

　　第二天,八国峰会的决议被各家媒体广泛报道。马克的行动虽然在战术上失败了,但却在战略上获得了胜利。接下来的几天,奔牛节的各种赛事才真正上演。红狮军团决定把余下的假期过完。

　　夏雪细心地照顾着受伤的秦天,这个暑假虽然惊险,但能和秦天在一起一切都值得。

　　至于蓝狼军团,他们当然早已离开了斗牛镇。八国峰会的协议已经签署,这意味着他们的行动失败了。他们之所以能离开斗牛镇全靠一个人——卢拉,也就是那位斗牛镇的风云人物。他可是只认金钱不问是非的人。那天晚上就是他帮助蓝狼军团摆脱了红狮军团的追击。毫无疑问,那辆挖掘机也是他安排的。